KB050321

나쁜 남자가 즐기는 유머
돈 되는 건배사

행복충전사 이상국이 제안하는

나쁜 남자가 즐기는 유머
돈 되는 건배사

초판 1쇄 인쇄일 2017년 7월 31일
초판 1쇄 발행일 2017년 8월 15일

지은이 이상국
펴낸이 양옥매
디자인 남다희
교　정 조준경

펴낸곳 도서출판 책과나무
출판등록 제2012-000376
주소 서울특별시 마포구 방울내로 79 이노빌딩 302호
대표전화 02.372.1537　**팩스** 02.372.1538
이메일 booknamu2007@naver.com
홈페이지 www.booknamu.com
ISBN 979-11-5776-459-4(02810)

이 도서의 국립중앙도서관 출판시도서목록(CIP)은 서지정보유통지원 시스템
홈페이지(http://seoji.nl.go.kr)와 국가자료공동목록시스템
(http://www.nl.go.kr/kolisnet)에서 이용하실 수 있습니다.
(CIP제어번호 : CIP2017018515)

*저작권법에 의해 보호를 받는 저작물이므로 저자와 출판사의 동의 없이 내용의 일부를
　인용하거나 발췌하는 것을 금합니다.
*파손된 책은 구입처에서 교환해 드립니다.

행복충전사 이상국이 제안하는

나쁜 남자가
즐기는 유머
돈 되는 건배사

이상국 행복충전사

책과나무

매력적으로 말 잘하는
'나쁜 남자'

—

　사람들이 가장 두려워하는 것 중에 하나가 무대공포증이라는 연구발표가 있다. 사회생활을 영위하다 보면 자의든 타의든 타인 앞에 서는 경우가 종종 있는데, 이때 유머는 인관관계의 윤활유이자 위기를 기회로 만드는 위력을 발휘한다.

　"저는 여러분과 함께 일을 즐겼습니다. 그렇다고 여러분이 쓴 기사를 모두 즐겼다는 것은 아닙니다."

　60%의 지지율 속에서 임기를 마친 미국의 44대 대통령 버락 오바마가 기자들과의 마지막 만찬에서 한 말이다. 그가 마지막 순간까지도 높은 지지율로 웃으며 대통령직을 마무리할 수 있었던 데에는 웃음을 유발하면서도 본인이 전하고자 하는 메시지를 설득력 있게 전달하는 능력에 있었다고 해도 과언이 아니다.

　이렇듯 유머의 가장 큰 장점은 바로 긍정력이다. 웃음은 도파민과 세라토닌이라는 행복 물질을 나오게 함으로써 그 사람에 대하여 관심을 가지게 만들고 호감을 불러일으킨다. 여자들이 유머 있는 남자를 좋아하는 이유가 바로 여기에 있다.

그런데 '여자는 나쁜 남자를 좋아한다.'는 말을 많이들 한다. 그렇다면 '나쁜 남자'란 어떤 남자를 말하는 걸까? '나쁜 남자는 못된 남자'라는 것은 잘못 알려진 등식이다. 나쁜 남자는 매력적인 남자로, 자기 스타일을 고수하며 자유로움을 표방한다.

나쁜 남자의 특징 중 하나가 사랑하는 사람을 소유하려 하지 않고 최대한 배려하면서 자신감을 웃음으로 승화시키고 상대의 소중함을 존중한다는 것이다. 예를 들어 여자 친구가 "자기는 내가 어디가 예뻐?"라고 물을 때 "나에게 그렇게 쉬운 문제를…. 차라리 안 예쁜 데를 찾는 게 쉬워!"라며 상대를 미소 짓게 하며 하고자 하는 메시지를 충분히 전달한다.

더불어 말을 장황하게 하지 않고 간결하게 하면서도 분위기를 리드해 나아가며 "오늘은 참 좋은 날인 것 같아요. 멋진 당신을 볼 수 있으니까요."라고 당당히 말하면서 자신이 얻고자 하는 목적을 간결하고 스위트하게 표현함으로써 상큼한 분위기를 열게 한다.

그렇다면 말 잘하는 남자, 유머 있는 남자, 매력적인 남자, 나쁜 남자가되기 위해서는 어떠한 노력이 필요할까? 나쁜 남자의 어법으로 '3S'를 꼽을수 있는데, 그에 맞는 스피치를 구사하려는 노력이 필요하다.

첫 번째는 'Smile', 상대를 미소 짓게 만든다.

"이상형을 만난다는 것 행운이지요. 그런 행운이 저에게도 오는 날이 있군요."라며 너스레를 떨면, 여성들은 쉽게 마음을 열지 않고 경계의 눈초리로 바라볼 것이다. 그러면 보통의 남자들은 싱겁게 웃겠지만, 나쁜 남자는 회심의 강펀치를 날린다.

"처음 보는 사람에게 말을 잘 못해요. 제가 하는 말 중에 가장 못 하는 말이 거짓말이에요."

수줍은 듯하면서도 당당한 자신감으로 상대를 미소 짓게 한다.

두 번째는 'Sweet', 분위기를 상큼하게 만든다.

"밤이 두려웠던 적이 있어요. 빛이 어둠 속으로 숨어서 제 마음도 숨어 버렸는데, 이 자리에 오니 밤에 빛이 없다는 것은 사실이 아님을 알았어요. 여러분이 밤을 밝게 비추고 있으니까요."

자리를 상큼하게 만드는 스피치를 구사하면서 웃음을 유발하게 만드는 기술이다. 짧은 시간에 상대의 매력과 가치관을 판단하는 방법으로 대화만큼 실속 있고 확실한 것은 없다. 자신을 낮추면서 상대의 가치를 높이는 유머 스피치는 인간관계를 달달하게 만든다.

세 번째는 'Sexy', 이미지로 상대를 마음을 열게 한다.

중국 속담에 '강아지에게 친구가 많은 것은 혀를 흔들지 않고 꼬리를 흔들기 때문이다'라고 한다. 상대의 이야기에 귀 기울여 주고 반응해 주는 사람에게 가장 섹시함을 느낀다.

깔끔한 패션과 잘 정리된 머리, 그리고 시선을 맞추면서 고개를 끄덕여 주는 남자에게 여자는 마음을 열게 된다. 섹시한 남자는 자신의 이야기를 경계하면서 상대의 관심사에 호기심을 가져 주는 남자이다.

토끼를 잡을 때는 귀를 잡고, 닭을 잡을 때는 날개를 잡고, 사람을 잡을 때는 마음을 잡으라고 한다. 아름다운 여성과 멋진 남성의 마음을 얻고자 한다면 Smile, Sweet, Sexy, 이 3S를 잊지 말자.

이 책에는 앞에서 제시한 예시 외에도 다양한 대화법을 수록하고 있어, 이 책을 읽은 독자 여러분은 미소를 얻는 유머 스피치, 분위기를 상큼 달달하게 만드는 소통 유머 그리고 위트와 재치로 무장하는 섹시한 대화법으로 어느 장소에서나 당당한 자신을 만나게 될 것이다.

또한 '돈 되는 건배사'편에서는 더 이상 두려움의 대상이 아니라 기회의 대상으로 만들 수 있는 건배사의 요령과 나만의 건배사를 만드는 방법 그리고 멋진 건배사를 수록했다. 이 글을 읽는 독자 여러분이 자신만의 건배사로 멋진 리더로 거듭나시길 바란다.

　감사합니다.

2017년 8월
이 상 국

골프에서 공이 잘 맞지 않으면 '힘 들어갔다'라고 지적을 받아요.
힘을 빼래요. 멀리 치려고 힘을 넣었는데 힘을 빼라고 하네요.
어려운 일에 부딪히면 '힘들다'라고도 해요.
내 몸에 '힘이 들었다'는 표현이지요.
힘내다는 '힘을 밖으로 내보낸다'는 뜻이래요.

힘은 들지 말고 힘은 내보내세요.
그래야 힘이 나지요.

내 목에 힘 들어간 것을 좋아하는 사람은 없어요.
힘을 빼고 먼저 고개를 숙이세요.
그럼 힘이 나간 자리에 겸손이라는 칭찬이 들어옵니다.

- 「힘 빼세요」

1. 미소를 얻는 스피치, '스마일(smile)'

- 웃음을 전하는 말 한마디
- 남자 vs 여자 유머 한마당
- 아저씨 사모곡

웃음을 전하는 말 한마디

두근두근

사랑의 무게는 얼마일까요?

'두근두근'

면접을 볼 때 마음의 무게는 얼마일까요?

'두근두근'

사업을 시작할 때 심장의 무게는 얼마일까요?

'두근두근'

그래요.

두근거림은 새로운 도전의 무게입니다.

사랑도 면접도 새로운 사업도

생각해 보니 그리 무겁지 않네요.

인생을 행복하게 만드는 방법

내가 심심하지 않게 취미를 만들어 주고

책을 가까이하여 지혜를 얻게 하시고

하루 30분 이상은 걷게 하여 앞으로 나아가게 하고

멋진 식당에서 값비싼 음식으로 가끔 사치도 부리고

시간을 계획하여 아껴 쓰는 습관을 갖게 하시고

지치지 않는 반복으로 무대를 설레게 하시고

가진 것에 감사하는 여유를 샘솟게 하고

웃은 얼굴로 매사에 자신감을 충만하게 하고

얻기 위한 만남이 아니라 주기 위한 만남을 즐기며

생각을 행동으로 옮기는 열정을 식지 않게 데워 주세요.

늘 행복하자.
사랑해

따듯함과 용기

초등학교 때 바보라 놀림을 받는 상우가 있었다. 다른 아이들이 백 원짜리 동전과 오백 원짜리 동전을 놓고 큰돈을 골라서 가지라고 하면 늘 백 원짜리 동전을 집는다. 그러면 아이들은 "상우 바보! 상우 바보!" 하면서 깔깔거리고 웃으며 매일 그 장난을 했다.

보다 못한 상국이는 상우에게
"오백 원이 훨씬 큰돈이야, 상우야. 동전이 큰 오백 원을 가져!"
그러자 상우는 상국이를 물끄러미 바라보더니,
"그러면 내일부터 수입이 줄어드는데!"

그래요.
세상의 모든 것에는 부족함과 부끄러움이 있습니다.
깊이 살펴보면 남에게 있는 게 아니라 내 속에 숨어 있습니다.
그것을 찾아서 따뜻함과 용기로 데워 주세요.

자신이 행복할 때

선생님이 물었다.

"좋은 일과 나쁜 일은 어떻게 구분을 하나요?"

문제청소년의 대답

"네. 저희가 재미있어 하는 일은 나쁜 일이에요!"

후배 김대진 교수는 학생들에게 부모님을 싫어하는 이유를 물었다.

"부모님은 늘 맞는 말만 하신다."

"그 맞는 말을 되게 기분 나쁘게 이야기하신다."

아기는 이럴 때 열 받는다.

아무데서나 벗기고 기저귀 갈 때

발음도 어려운데 자꾸 '엄마, 아빠' 해 보라고 하고선

자기들끼리 웃을 때

기는 것도 힘든데 과자로 나를 유인할 때

엄마젖도 잘 안 나오는데 아빠가 나눠먹자고 덤빌 때.

아이들에게 줄 수 있는 최고의 선물은

바로 자신이 행복해지는 것입니다.

누구나 지금의 시기가 가장 힘들 수 있어요.

마음을 통해 만들어지는 아름다움

질투심이 많은 언니가 40대 답지 않은 몸매와 예쁜 얼굴을 가진 후배에게
"너 같이 몸매도 좋고 얼굴도 예쁜 것들은 남편 복이 하나도 없다는데… 그
렇지?" 그러자 후배가 언니에게 다정한 눈빛으로
"언니는 남편 복이 정말 많겠다!"

처칠이 의회연설을 위해 국회위원 VIP룸에서 차 한 잔을 하고 있는데 노동
당여성국회위원이 들어와서는
"만약 당신이 내 남편이라면 지금 마시는 차에다 독을 타겠어요."
라고 독설을 퍼붓자, 처칠이 그 여성국회위원을 옅은 미소로
"당신이 내 아내라면 나는 미리 알아서 죽겠소."

내 마음이 아름답지 않으면
아무리 좋은 것을 봐도 아름다움을 느끼지 못합니다.
마음을 통해 만들어진 아름다움은 입을 통하여 꽃을 피웁니다.

아끼지 마라

노력을 아끼지 마라.
실패를 아기지 마라.
시련을 아끼지 마라.

물감을 아끼면 그림을 그릴 수 없고
꿈을 아끼면 성공을 만날 수 없다.

웃음을 아끼면 즐거움을 만날 수 없고
격려를 아끼면 인재를 만날 수 없다.

시련과 실패를 아끼지 않으면
기회라는 녀석을 만나게 된다.

아파트 3행시

아 아름다운 지구별에서
파 파란 하늘과 빛나는 태양이 있는 그곳에
트 트(터) 잡아 꽃을 피우고 사는 곳이 아파트입니다.

아파트는 돈을 주고 사는 곳이 아니라
사람이 사는 곳이다.

아파트는 투자의 대상이 아니라
투게더together, 함께 만들어 가는 행복의 대상이다.

사람은 때가 있어요

여수에 강의차 들렀다가 유심천온천을 찾은 일이 있다.
세신사^{패밀이} 벨 위에 붙여 놓은 문구.

'사람은 누구나 때가 있습니다.
지금은 바로 벨을 누를 때입니다.'

식사 때를 놓치면 배가 고픕니다.
보고플 때 못 보면 애달아집니다.
어려울 때 외면하면 사람을 잃습니다.

사람이 가장 빛날 때는 '당신이 존재할 때'이고,
사랑하는 사람에게 줄 수 있는 최고의 선물은
'내가 존재할 때'입니다.

이상한 사람들

이 상한 사람들이 찾는 곳은?
'치과'입니다.

그런데요,
정말 이상한 사람들이 많은 세상입니다.
만나면 뜯고 씹고를 삼키고 하는 이상한 사람들.

이가 썩는 이유는 입안에 나쁜 균들이 넘쳐나서라고 합니다.
입안이 정갈하면 향기가 난대요.

그래요.
그런 분들은 뒤돌아선 당신을
씹고 뜯고 삼킬 수 있으니 근처에서 맴돌지 마세요.
세상에서 치통만큼 아픈 건 없는 것 같아요.

미소는 자신감이다

당신의 옆자리에 함께한 사람은 로또 1등에 당첨될 확률보다 10배 이상이 높아야 가능한 기적적인 만남입니다. 75억의 인구 중에서 같은 나라, 같은 도시, 같은 공간, 같은 시간에 함께한다는 것은 어마어마한 행운입니다. 그 한 사람이 나의 옆자리에 온다는 것은 한 사람의 역사가 통째로 오는 것이기 때문입니다. 그런 옆 사람에게 이렇게 인사해 보세요.

"당신의 옆자리에 함께하는 영광을 주셔서 대단히 감사드립니다."

이렇게 인사를 하라고 강의 중에 시키면 90% 이상이 미소 지으며 인사를 나눕니다. 왜 인사말만 시켰는데, 상대를 보면서 미소를 지을까요? 그것은 바로 자신감의 표현입니다. '내가 당신보다 월등히 괜찮거든요.' 하는 무언의 표시이기도 하고, '나는 절대로 위험한 사람이 아니니 안심하셔도 됩니다.' 라는 배려의 마음이기도 합니다.

미소는 나를 알리는 자신감이며,
그 자신감은 성공의 첫 번째 비결입니다.

여행

여럿이 함께해서
행복하다.

여행은 다리가 떨릴 때 가는 것이 아니라
가슴이 떨릴 때 가는 것이다.

소녀의 감성으로
풍성한 자연에 우리가 함께하는 것

소풍은 자연을 만나는 것이 아니라
내가 자연 속에 들어가는 것이다.

끌림의 강력한 무기, 미소

중국문화대 최고지도자과정원에 다닐 때, 기수사무국장의 직책을 맡게 되어 처음 인사를 나누는 자리였다.

강사를 시작하면서부터 사적인 자리에서는 거의 듣는 편이다. 가끔씩 기분이 좋지 않냐며 오해를 받기도 하지만, 타인의 대화를 유심히 들어 보면 참 재미있는 이야기들이 많아 화자話者보다는 청자聽者의 입장이 된다.

자리는 꽤 오랜 시간 이어졌고, 가만히 듣고 있는데 한 원우가

"이상국 대표님은 입에 미터기가 달렸나 봐요?"

그게 무슨 이야기냐고 물으니,

"말할 때마다 돈이 돼야 말을 하는가 해서요!"

다소 비아냥이 섞인 어투였지만 미소로 그 상황을 넘겼다.

『끌리는 사람은 1%가 다르다』라는 책에서 사람의 끌림을 만드는 가장 강력한 1%는 바로 '미소'라고 한다. 그래서 나는 매일 아침 거울을 보면서 미소 짓는 연습을 한다. 누군가에게 끌림을 받기 위해서….

다른 것을 찾지 말고 같은 것을 만들어라

대구에는 앞산이 있다. 앞산의 유래에 대해 알아보니, 그냥 앞에 있어서 앞산이란다. 정말 신기한 건 동쪽에서 보든 남쪽에서 보든 그 산을 향해 몸을 향하면 앞이 된다.

재철이는 취업이력서에 이렇게 적었다.

이 름 :   이재철

본 적 :   어디를 말입니까

호 주 :   가 본 적 없음

신 장 :   두 개 다 있음

가족관계 :   가족과는 관계를 가지면 안 됨

지원동기 :   대학교 동기 승구와 함께

수상경력 :   배를 타 본 적 없음

자기소개 :   우리 자기는 무지하게 이쁨

＊ 위 사실은 하나의 거짓이 없음

그래요.

사람들과의 좋은 관계를 맺는 방법은 아주 간단합니다.

무엇이 다른지를 찾지 말고 무엇이 같은지를 찾아보고 만들어 보는 것입니다. 사랑하는 사람과는 같은 곳을 보는 연습을 해야 합니다.

내가 태어난 곳

자전거 도시 상주는 '슬로우시티'라는 슬로건으로 관광객을 맞이한다. 공해 없는 자연 속에서 전통문화와 음식을 즐기며 느림의 삶도 행복하다는 것을 지향한다.

상주에는 딱 맞는 지명이 많다. 느리게 가면서도 멈춰서 있는 사람들을 위해서 "안 가고 외! 서!" 외서면이 있고, 돈을 소중히 하자는 의미로 백원초등학교가 있고, 계산하지 않아도 더 좋은 사람들이 모여 사는 계산동, 서성이는 삶도 나쁘지 않다는 서성동, 한참을 걸어도 모래사막으로 시간 여행하는 중동면이 있다.

느리면 어때요. 저는 지금 잘 가고 있거든요. 우리 한번 외쳐 볼까요?

'영광인 줄 알아 이것들아!'

그래요.

내가 있기에 세상이 존재하고

내가 있기에 세상은 아름다운 거예요.

내 생각의 향기

무슨 생각으로 사느냐에 따라
인생은 달라집니다.

오래된 옷걸이가 새로 들어온 옷걸이에게 말했다.
"너는 옷걸이라는 사실을 한시도 잊지 마라."
새 옷걸이가 물었다.
"왜 옷걸이라는 것을 그렇게 강조하시나요?"
그러자 오래된 옷걸이가 답했다.
"잠깐씩 걸리는 옷이 자신의 신분인 양
교만해지는 옷걸이들을 그동안 많이 보아서 말이야."

지금 내 생각을 감싸고 있는 옷에는 어떤 향기가 날까요?
그래요.
좋은 생각은 좋은 향기가 나고 욕심은 향기를 썩게 만들어요.

칭찬과 인정의 힘

양돈농협협동조합 전국연합회장을 역임하시는 이상용 대구경북양돈농협조합장님은 2016년 송년회 때 개인 사비로 전 직원에게 보너스를 주셨다. 고령에서 양돈농장도 함께하시는데,

"여러분, 저는 오늘 기분이 좋기도 하고 한편으로는 가슴이 아프기도 합니다. 여러분에게 이렇게 연말보너스를 줄 수 있어서 기분이 좋고, 단 한 가지 슬픈 일은 여러분에게 보너스를 드리기 위해 저의 농장에서 오늘 아침 돼지 10마리가 운명을 달리했다는 사실입니다. 그분들을 위하여 묵념을 올리도록 하겠습니다. 그러나 2017년 송년회 때는 더 많은 돼지가 운명을 달리하더라도 여러분에게 더 많은 보너스를 드릴 수 있는 영예를 주시기 바랍니다. 저는 원래 긍정적인 동물이라 돼지를 키웁니다. 안 되면 되게 하면 돼(되)지, 모르면 물으면 돼(되)지, 부족하면 채우면 돼(되)지. 노력해서 보너스 더 받으면 돼(되)지. 최고의 농협 우리가 만들면 돼(되)지!"

대구경북양돈협동조합은 이상용 조합장님이 취임한 후 가장 많은 흑자를
내고 있습니다.

에너지와 유머가 만나면 폭발적인 추진력을 만들고
칭찬과 인정은 조직을 춤추게 하는 효과가 있습니다.

힘 빼세요

골프에서 공이 잘 맞지 않으면 '힘 들어갔다'라고 지적을 받아요.
힘을 빼래요. 멀리 치려고 힘을 넣었는데 힘을 빼라고 하네요.
어려운 일에 부딪히면 '힘들다'라고도 해요.
내 몸에 '힘이 들었다'는 표현이지요.
힘내다는 '힘을 밖으로 내보낸다'는 뜻이래요.

힘은 들지 말고 힘은 내보내세요.
그래야 힘이 나지요.

내 목에 힘 들어간 것을 좋아하는 사람은 없어요.
힘을 빼고 먼저 고개를 숙이세요.
그럼 힘이 나간 자리에 겸손이라는 칭찬이 들어옵니다.

쑥

지난가을 떨어진 나뭇잎 사이로
파란 쑥이 쑥쑥 올라오네요.
쑥으로 떡을 해 먹어야겠어요.
'쑥떡 쑥떡'

봄의 향기도 함께 올라오고
그 향기에 따스함이 묻어오네요.

쑥국은 봄을 먼저 먹는 보약이에요.
봄 보약은 쑥국

야채장수가 아이에게 이야기합니다.
"성적이 쑥쑥 올랐으면 좋겠다."

말은 마음의 알갱이

천안에서 부동산을 경영하는 김은영 강사는 불경기가 호경기라고 하며 누구보다 바쁜 하루를 보내고 있다. 불같이 일어나는 경기가 불경기이고 위기는 '위대한 기회'의 줄임말이라는 긍정맨이기도 하다.

'말', 즉 '마~알'은 마음의 알갱이라는 뜻이래요. 어떤 알갱이를 심느냐에 따라 인생의 열매가 달라집니다. 그가 자주 쓰는 말은
'역시 프로예요, 형님 존경합니다, 늘 배우고 있어요.'

"역시 프로입니다."
다들 부동산 경기가 힘들다고 하는데 그는 변명 방법을 찾지 않고 해결 방법을 찾는 진정한 프로다.

"존경합니다."
상대를 존중할 줄 아는 사람은 자신을 존중받아 마땅하다는 반증이다.

"늘 배우고 있습니다."

생업으로 부동산을 하고 있고 강사의 미래를 위해 끊임없이 배우는 시간을 가진다. 그리고 재능기부를 통해 나눔을 실천하고 있다.

호쾌하게 웃는다. 웃음소리는 시원하고 호탕하다. 웃음에서 자신감과 행복함이 전해진다.

그래요.

말은 마음에 심는 알갱이^{씨앗}이고

내가 생각하는 내가 되고

내가 행동하는 모든 것이 인생이 된답니다.

소중한 것을 알아야 귀함도 알게 된다

사람이 흙으로 만들었다는 증거는?

'열 받으면 굳어진다.'

조물주가 여자보다 남자를 먼저 만든 이유는?

'여자들이 참견하느라 아직도 미완성으로 남아 있을 테니!'

배꼽이 만들어진 경위는?

'흙으로 만들어서 익었나 안 익었나 확인해 보다가'

'앞뒤 구분을 위해서'

'누워서 떡 먹을 때 꿀을 보관하라고'

그런데 남자에게는 왜 필요 없는 젖꼭지를 만들었을까?

'와이프가 외출할 때 애기에게 공갈 젖을 물리려고'

우리의 몸에는 이유 없는 것은 아무것도 없습니다.
하나하나가 소중하고 귀중한 것입니다.

그래요.
모든 사랑의 시작은 자기 사랑에서 비롯됩니다.
자기 모습을 사랑하고 자기 마음을 사랑할 때
귀중함의 가치를 알게 됩니다.

꿈은 영어로 드림입니다

꿈은 영어로 'Dream^{드림}'입니다.

행복을 드림
웃음을 드림
즐거움을 드림

드림은 나눔의 마음입니다.

마음을 나누어 행복을 드리고
힘씀을 나누어 어려움을 덜어 드리고
가진 것을 나누어 포만감을 드리고

나누고 보태면 꿈은 당신에게 현실로 드립니다.

때

사람에게는 누구나 때가 있습니다.
늦었다고 생각이 들 때
잊었다는 마음이 들 때
미안하다고 느끼는 그때

그때,
행동으로 옮길 '때'입니다.

차이와 평등

차이는 평등의 반대말이 아니다.

평등은
우리가 하고 싶은 것들을
마음대로 선택할 수 있는 권리이고.

차이는
서로가 다른 일들을 선택할 수 있는 권리이다.

달콤한 만남

깨와 소금이 만나면 '깨소금'

깨와 설탕이 만나면 '깨달음'

커피와 시럽이 만나면

'인생은 쓰다. 그러나 그 속에 달달함이 있다.'

여자 vs 남자 유머 한마당

오리지널

집에만 있는 아내를 오리에 비유하면 '집오리'
돈도 안 벌고 매일 쇼핑만 하는 아내를 '탐관오리'
집안일도 잘하고 돈도 잘 버는 아내를 '황금오리'
돈을 많이 남기고 먼저 떠난 아내를 '아싸가오리'
빚만 잔뜩 남기고 떠난 아내를 '어찌하오리'

옆에서 듣고 있던 아내
'여보, 그런 오리의 아내를 두 글자로 뭐라 하는지 알아?'
'닥Duck치'

오리는 남의 입에 있어도 빼앗아 먹으라고 합니다.
돼지고기는 피하고 소고기는 본전이고
오리고기는 찾아 먹으라 했습니다.
그래서 우리는 진짜 좋은 명품오리를 '오리지널'이라고 하지요.

결혼의 단계 (남편과 부인)

환상을 가지고 결혼을 하지만
환장하는 단계를 만나게 된다.

행복덩어리인 줄 알고 결혼을 하지만
골칫덩어리 단계를 만나게 된다.

매일 웃을 줄 알고 결혼을 하지만
웃는 날이 없는 단계를 만나게 된다.

잘 안다고 결혼을 했지만
더 알고 싶지 않은 단계를 만나게 된다.

믿음으로 결혼을 했지만
믿기 어려운 단계를 만나게 된다.

힘이 될 거라고 믿고 결혼을 했지만
힘든 일이 많아지는 단계를 만나게 된다.

사랑해서 결혼을 했지만
사랑하기에 너무 먼 단계를 만나게 된다.

그래요.
그럼에도 불구하고 당신을 사랑하는 이유는
나의 선택이 틀리지 않았음을 알기 때문이에요.

남편이 '남의 편이 아니라 남들 앞에서 내 편'이라는 사실을
부인하고 싶지 않으니까요.

지랄들 하네

아내가 여행을 가면서 냉장고에 메모지를 붙여 났다.

'까불지 마라'

까스 조심하고

불조심하고

지퍼 아무 곳에서나 내리지 말고

마누라 생각하면서

라면이라도 끓여 먹어라.

그 밑에 남편이 답장을 썼다.

'웃기지 마라'

웃음이 절로 나오고

기분이 막 좋아지고

지퍼는 내 마음대로다.

마누라는 오든지 말든지

라랄라 라랄라 랄라라라 라라라 흥얼거리고 산다.

그것을 본 시어머니

'지랄들 하네.'

여기에 덧붙이는 '이 지랄 시리즈'!

토끼와 거북이가 경주를 하는데 거북이 안 자고 이 지랄

"떡 하나 주면 안 잡아먹지!" 떡에는 관심 없고

할머니에게 관심 있고 이 지랄

신부 입장하는데 신부는 안 들어오고

옛날 여친이 애기 업고 입장하고 이 지랄

자판기에 동전 넣었는데 돈만 먹고 음료수 안 나오고 이 지랄

어린이날 노는데 어버이날은 겁나게 일하고 이 지랄

계절의 봄은 왔는데 마음의 봄은 안 오고 이 지랄

당신에게 가는 길

당신 마음으로 들어가는 길은 알았는데
나오는 길은 찾을 수 없어요.

강의를 마치고 돌아오는 길에
아내가 어디냐고 묻기에
'당신 마음속이지!'
그러자 아내의 한마디
'아주 멀리 있구나.'

마음의 빗장을 풀면
가장 먼저 이해의 바람이 불어옵니다.
그 바람을 따라 사랑의 길이 열립니다.

유통기한

술잔과 쓰레기통의 공통점은?
'자주 비워 줘야 한다.'

정치인과 불판의 공통점은?
'자주 갈아 줘야 한다.'

냉장고와 사랑의 공통점은?
'유통기한이 있다.'

유통기한은 언제까지일까?
'신선함을 유지하는 시간이다.'

힘이 되는 닭

닭 중에 가장 빠른 닭은 '후다닥'
정신 줄을 놓은 닭은 '회까닥'
남자들이 좋아하는 닭은 '홀딱'
여자들이 좋아하는 닭은 '토닥토닥'
'수고했어.
오늘 하루도 얼마나 힘들었어?
그래, 그만하면 잘한 거야.'

어쩌면
우리에게 가장 힘이 되는 닭이 토닥토닥일 거예요.
'난 당신이 늘 곁에 있어서 고마워, 당신 곁에서 늘 지켜 줄게.'
그리고 자기 자신에게도 토닥여 주세요.
'너 정말 멋진 친구야!
지금도 잘하고 있고 앞으로는 내가 더 잘해 줄게.'

버려야 피는 꽃

'이른 아침 보약을 정성스럽게 준비하여 내게 건네준다.'를 6글자로 하면?
'약 올리는 여자'
그런 아내를 어찌 사랑하지 않을 수 있는가?
"다시 태어나도 당신과 결혼할 거야! 지금보다 더 사랑하고 더 챙겨 주고 더
많이 벌어 주고 당신이 원하는 모든 것을 다 만들어 줄 거야!"
라고 화답을 한다.

이런 말을 자신 있게 장담할 수 있는 이유는 다음 생애에 다시 사람으로 태
어난다는 보장도 없고, 아내의 대답이 힘이 되기 때문이다.
"당신같이 잘생기고 돈 잘 벌고 매너 있는 남자를 다음 생애에 나만 차지할
수 있나요? 다른 사람에게 양보해야지요."

집착도, 완전함도 버려야 사랑의 꽃이 피고 향기가 납니다.
사랑은 부족함을 넉넉함으로 바라보는 기술입니다.

수박과 만두 사이

수박이 왜 수박인 줄 아세요?

'모를수박에'

여자는 수박이 아니에요.

두드린다고 알 수 있는 게 아니거든요.

만두가 왜 만두인 줄 아세요?

'모를만두하지'

여자는 굽는다고 익는 게 아니거든요.

두드려 확인하려 하지 말고 마음을 두근거리게 해 주고

구워서 익히려 하지 말고 따듯함으로 감싸 주세요.

건망증

군대에서 화생방 훈련을 하던 기억과 대장내시경을 준비하던 전날은 잊어버리고 싶다. 좋아하던 여친이 고무신을 거꾸로 신은 날도 기억하고 싶지 않은데 문득 떠오를 때가 있다.

동대구역에서 버스를 타고 대구시청을 가자고 하던 손님이 한참이 지난 후에

"기사양반, 내가 어디를 가자고 했나요? 제가 건망증이 심해서."

라며 물었다. 그러자 기사가 손님을 보면서 하는 말.

"손님 언제 타셨어요?"

한번은 아내와 핸드폰으로 통화를 하면서 아내에게 했던 말.

"자기야, 내 핸드폰 못 봤어?"

그러자 아내가 하는 말.

"전화 끊어 봐요, 찾으면 전화할게요."

그래요.

'다른 건 다 잊어버려도 되는데,

당신을 사랑하는 마음은 잊지 않을게.'

당신이 있어 참 좋소

근심을 푸는 소는 '해우소'
응원이 되는 소는 '옳소'
처음 만나는 소는 '반갑소'

세상을 아름답게 밝혀 주는 소는 '미소'

미인의 완성은 미소이다.
스타일의 완성은 Smile이듯이….

행복한 '웃었소'가
지친 이들에게 보내는 응원의 메시지

'그만 하면 잘하고 있소.'
'당신이 있어 참 좋소.'

감정을 평가하는 직업

사람의 감정을 평가하는 감정평가사는 참 매력적인 직업이다.

아끼는 후배 중에 권대동감정평가사가 있는데, 가끔씩 어려움을 토로한다.

부동산을 비롯하여 소, 돼지 등의 동물과 자동차, 비행기 심지어 항공모함

까지 감정鑑定을 해서 의뢰인의 감정[心]을 최대한 객관적으로 만들어 드리는

데, 두 번은 돈으로 계산할 수가 없었다고 한다.

한 번은 지금의 아내를 만났을 때,

"당신의 아름다움을 도저히 돈으로 감정할 수 없어요."

그리고 또 한 번은 결혼 후,

"아내의 수시로 바뀌는 성격을 돈으로 환산할 수 없어요."

세상에서 돈으로 환산해서 감정할 수 없는 게 사람의 감정[心]이다. 그래서

토끼를 잡을 때는 귀를 잡고 닭을 잡을 때는 날개를 잡고, 사람을 잡을 때는

마음을 잡아야 한단다.

그럼 사자는 어디를 잡아야 할까요?

'잘못 잡으면 죽습니다!'

사랑의 새싹

아내가 죽도록 미워질 때 한번 해 보세요.

퇴근하자마자 아이들과 포켓몬도 하고 레슬링도 하고
레고 게임도 하면서 신나게 놀아라.
시기심이 많은 여자는 질투나 죽는다.

장인, 장모에게 용돈도 팍팍 드리고
두 분의 결혼기념일에는 해외여행을 보내 드려라.
경제관념이 뛰어난 아내는 돈이 아까워서 죽는다.

휴일에 먼저 일어나 세탁기를 돌리고
청소기를 밀고 음식도 준비해라.
내가 할 일을 빼앗겼다는 생각에 열 받아 죽는다.

아내의 생일이나 기념일에는

오만 원권 현금 꽃다발로 마음을 전해라

돈 갖고 장난쳤다고 기분 나빠 죽는다.

그래요.

미움이라는 씨가 죽으면 사랑이라는 새싹이 틉니다.

좋은 습관은 내가 주인공이 되어야 합니다.

그래야 내가 원하는 것을 얻을 수 있으니까요.

말로 표현해라

아내와 말다툼 후 며칠째 냉전 상태다.
서로 할 말이 있으면 문자로 보낸다.
"서울 출장으로 5시까지 깨워 주시오."
눈을 뜨니 5시 40분이 지나고 있었다. 왜 시간에 깨우지 않았냐고 화를 냈
다. 그러자 아내가 하는 말.
"핸드폰 문자 확인해 보세요."
무슨 말인가 싶어 핸드폰을 열자 문자 한 통이 와 있다.
"여보, 일어나세요. 지금 5시예요."

표현해라. 아프면 '아프다', 좋으면 '좋다', 싫으면 '싫다', 힘들면 '힘들다',
화나면 '화났다'고….

아무리 좋은 생각도 내 안에만 있으면 소용없습니다.
입술을 통해 꽃피워야 진정으로 아름답습니다.

윙크를 하는 이유

콧구멍이 두 개인 이유는?

하나를 쑤시다 숨이 막히면 안 되니까요.

귀가 두 개인 이유는?

감기 걸려서 마스크 쓸 때 양쪽에 걸어야 하니까요.

눈이 두 개인 이유는?

윙크를 하기 위해서요.

그럼 윙크는 왜 하는지 아세요?

감은 한 눈은 상대의 단점을 눈감아 주고,

부릅뜬 한 눈은 상대의 장점을 크게 보라는 뜻입니다.

사랑의 수학공식

감사의 문자를 받는 경우가 있다.

강사라는 직업은 꽤 매력적인 직업인 것 같다.

'청주에 오시면 꼭 연락 주세요, 커피 살게요.'

아내가 문자를 보고는 누구냐고 다그친다.

난, 사실 누군지 모른다. 아마 이런 내용일게다.

'강의를 들은 청중인데 너무 행복했어요. 아마 일 년치 웃음은 웃었고, 다름을 이해하라는 말과 내 자신이 인생의 주인공이라는 사실을 알려 주셔서 너무 감사드려요. 혹, 청주에 강의차 오시면 연락 주세요. 강의를 다시 한 번 듣고 싶고 시간이 되시면 커피라도 사 드리고 싶네요.'

앞으로는 여자들에게 함부로 눈길을 주지 말라고 한다. 그래서 강의를 할 때면 어쩔 수 없이 뒤로 돌아서서 진행함을 양해 부탁드립니다. 아내가 여자들에게 함부로 눈길을 주면 안 된다고 해서….

사랑의 수학공식

5+5=10 (오해와 오해가 만나면 열 받게 된다)

5-3=2 (오해도 세 번만 생각하면 이해하게 된다)

2+2=4 (이해하고 이해하면 사랑하게 된다)

여자 vs 남자

여자는 무드에 약하고
남자는 누드에 약하다.

여자는 옷을 어떻게 입을까 고민하고
남자는 그 옷을 어떻게 벗게 할까 고민한다.

여자의 술은 분위기를 얻기 위한 것이고
남자의 술은 여자를 얻기 위한 것이다.

여자는 몰라도 될 일에 관심을 보이고
남자는 꼭 알아야 될 일에도 관심이 없다.

여자는 남자의 허풍에 속고
남자는 여자의 외모에 속는다.

여자는 자기보다 예쁜 여자와는 나이트를 안 가고
남자는 예쁜 여자가 없는 나이트는 안 간다.

여자는 예쁘게 보이려고 화장을 하고
남자는 예쁘게 보려고 술을 먹는다.

여자는 관심 있는 사람에게 미소를 띠고
남자는 미소를 보내 관심받으려 한다.

그래요.
상대를 잘 안다고 앞서가지 말고
그냥 받아들이세요.
그럴 때 있잖아요.
내가 상대가 되는 어려움….

아내가 바라는 행복 11~100

11. 일일이 간섭하지 말고

22. 이의를 달지 말고

33. 삼삼한 몸매를 만들고

44. 사사로운 일에 화내지 말고

55. 오오하는 소리가 나오는 잠자리를 만들어 주고

66. 육육하기보다 69자세도 취해 보고

77. 칠칠맞은 행동은 삼가고

88. 팔팔한 에너지로 웃음을 만들어 주고

99. 구구하게 변명하지 말며

100. 돈은 빵빵하게 벌어야 한다.

그래요.

사랑이란 무조건 주다 보면

자기가 더 많이 받는다는 사실을 알기에 그리 많은 시간이 걸리지 않아요.

필요한 사람

소리 없이 봄꽃은 피고
눈물 없는 새가 울고
태워도 재가 없는 사랑을 하자.

갓 결혼한 친구가 친구들과의 술자리에서 여성관에 대하여 토로했다.
"난 결혼 전에는 세상 모든 여자들이 좋았어."
"그런데 지금은?"
"응. 한 명 줄었어!"

'당신을 사랑합니다'라는 말과 함께
'당신이 꼭 필요합니다'라고 말하면
당신은 꼭 필요한 사람이 될 거예요.

사랑은 유치해야 행복도 유지한다

휴일 날 자고 있는 아내의 얼굴에 물 스프레이를 뿌린다.

깜짝 놀란 아내가 소리친다.

"뭐하는 짓이에요?"

"응, 꽃에 물 주는 거야."

그래도 안 일어나는 아내의 옷을 만지면서

"당신 옷에 온통 풀을 묻혀 놨네."

"어디에요? 무슨 풀이에요?"

"뷰티풀beautiful이…."

짜증난 아내가 드디어 한마디 한다.

"자기, 너무 티 난다."

"무슨 티?"

"더티dirty."

이에 질세라

"자기도 너무 티 난다. 프리티pretty."

그러자 아내가 피식 웃으며

"자기 얼굴에 김이 묻었네? 잘생김이….”

그래요.

원래 사랑은 유치합니다.

국제적인 행사를 우리나라에 유치하는 이유는

발전과 행복을 위해서죠?

가정에서는

'사랑의 단어가 유치하면 행복도 유치할' 수 있습니다.

굳은살이 박여야 진짜 사랑이다

새 운동화를 신었는데
뒤꿈치에 물집이 잡혀 아린 경험 있으시죠?
큰맘 먹고 산 새 운동화에 뒤꿈치가 까진 적 있지 않나요?
그런데 신기하게도 한번 까지고 나면
새살이 돋고 다시는 똑같은 경험은 하지 않아요.

사랑도 새 신발과 같이
아리고 쓰린 경험이 있으면
다시는 그런 착오가 줄어들어요.
지금, 서로 조금씩의 상처가 있으면
굳은살이 생겨서 더 단단해지는 중이라고 생각하세요.

사랑도 표현해야 알 수 있다

대학교에 입학한 조카 녀석이 고민이 있다며 나를 찾아왔다. 마음에 딱 드
는 이상형의 여자를 만났는데, 사귀자는 말을 하지 못하고 있다고 한다.
나의 조언은
"용기 있는 자만이 미인을 얻을 수 있는 법이지."
조카는 나의 아내를 한참을 쳐다보고 한마디 한다.
"삼촌은 용기가 없으셨나 봐요."

쇠도 사용하지 않으면 녹슬고
물도 고이면 썩는 법이고
사랑도 표현하지 않으면 빛을 발하지 못한다.

약발

좋은 약은 잘 듭니다.
마음의 병은 잘 들어주면 됩니다.

여름이 영글다

바람 한 점 없는 뙤약볕 아래에서도
사랑은 알알이 영글어 갑니다.

사주

군인은
사주경계

민간인은
사주팔자

금이 간 부부는
사 주의 조정 기간을 드리겠습니다.

아저씨 사모곡

나쁜 남자의 성공 대화법

일단 들어 주고 미소 지으며

이러쿵저러쿵 뒷담화는 하지 않는다.

삼 초의 말 한마디가 삼십 년을 행복하게 하는 말

사랑해!

오~ 예스! 모든 것을 긍정적으로 받아들이고

육탄전을 부르는 말은 삼가고

칠칠맞게 상대의 이야기에 끼어들지 않고

팔팔 뛰는 심장을 행동으로 옮기며

구구하게 인생에 변명하지 않으며

십 년만 꾸준히 매진하여 꿈을 이룬다.

남자의 기도

건성으로 살기보다는 건강하게 살며
끈적임이 있는 남자보다는 끈기 있는 남자로,
막 들이대기보다는 잘 들이대는 통찰력으로
화난 얼굴보다는 환한 얼굴로 맞이하고
남을 이용하기보다 남에게 인정받는 남자로 살아가며
'생각만 하는 남자가 아닌 행동하는 남자가 되게 하소서.'
향수를 쓰기보다 향기로운 입술을 가지게 하시고
주연 배우보다 인생의 주인공으로 살며
소유의 행복보다 존재의 자신감이 넘치게 하시며
'유행을 따라가기보다 유머 있는 남자로 살게 해 주십시오.'

내 기도를 듣고 있던 아내의 한마디
'이런 남자는 대체로 남의 것이 많아. 불공평한 세상!'

오빠와 아저씨의 차이점

더울 때 윗단추를 풀면 오빠
바지를 걷으면 아저씨

식당에서 허리를 펴면 오빠
벽에 기대면 아저씨

예쁜 여자를 좋아하면 오빠
낯선 여자를 좋아하면 아저씨

배낭여행 가면 오빠
묻지 마 관광을 가면 아저씨

테마가 있는 노래방을 가면 오빠
도우미가 있는 노래방을 가면 아저씨

술 먹고 더치페이 하면 오빠
서로 내겠다고 난리치면 아저씨

발목양말을 신으면 오빠
무좀양말을 신으면 아저씨

술 마실 때 청바지를 입고 오면 오빠
건배사로 '청바지청춘은 바로 지금부터'라고 외치면 아저씨

그래요.
오빠는 오늘도 바빠요.
아저씨는 아침에도 저녁에도 씨~발 힘들어요.

아저씨가 영원한 오빠가 되는 그날은 언제? '오늘'

아저씨 사모곡

아저씨라고 부르지 마라.
청년의 열정과 뜨거운 가슴으로 살고 있다.
백팩을 메고 운동화를 신고 청바지가 잘 어울리는
청춘이라고 불러다오.

쳐진 어깨가 무거워 보이는 것은
세월의 무게가 아니라
내 어깨 위에 내려앉은 책임감의 무게다.

헤어진 등산화를 고집하는 이유는
겉모습의 화려함보다 내면의 성숙함을
소중히 여기기 때문이다.

아저씨라고 부르지 마라.

소주 한 잔에 젓가락장단으로 세상을 노래할 줄도 알고

약간의 비틀거림은 세상의 흔들림에

자신을 맞추는 중일지도 모른다.

친구의 죽음에 목 놓아 울기도 하고

아침이면 언제 그랬나는 듯

힘든 가슴을 부여잡고 뛰고 또 뛴다.

아저씨라고 부르지 마라.

현재를 사는 젊은 청춘이라 불러 주면 좋겠다.

브라더 축산

아파트상가에는 다섯 군데의 식육점이 있는데, 필자가 자주 찾는 정육점은 젊은 형제가 운영하는 브라더 축산이다.

동생의 티셔츠 등판에는 '나한테 시집오면 365일 고기반찬', 형의 등판에 적혀 있는 '나랑 살래 고기 살래'라는 문구가 웃음을 만들고, 언제나 밝은 얼굴과 상냥한 목소리로 나를 반겨 준다. 게다가 간간히 오는 문자는 유머를 끌어당기는 힘이 있다.

'세상이 힘들지만 긍정돼지 들어와요.
삼겹살 600g에 행복 600㎏ 함께 드려요.'

'시원한 바닷바람 몰고 왔어요.
갈매기살 만나러 오셔요.'

'미소 먹은 한우^소가 용산동에 옵니다.

안심하고 먹어도 되는 안심

당당하게 힘이 나는 등심

갈비뼈가 튼튼하게 만드는 갈비'

'미소의 반대말은?

당기소!

퍼뜩 브라더 축산의 문을 당기소!

행복을 만나세요'

유머는 사람을 당기는 힘이 있다

그래요.

유머란, 유^{you}와 내가 웃으면 머니는 보너스다.

적자생존

개구리소년 실종 사건으로 잘 알려진 와룡산은 집 근처에 위치에 있어 트래킹 삼아 자주 오른다. 산에서 내려오면 치킨에 맥주가 생각난다.

동네 후배 녀석을 불러 프라이드치킨 한 마리에 생맥주 한 잔 콜라 한 병을 주문하고 멀뚱멀뚱 서로를 쳐다보고 있는데, 맞은편 자리에 칠십대쯤 되어 보이는 형님들이 치맥에 열띤 토론 중이다.

"이번에 아파트 청약한 것 프리미엄 이천 받고 넘겼어."
"자네 땅 사 놓은 것 많이 올랐다며?"
"응, 조금 올랐는데 건물이나 지을까 하고. 그리고 상가건물 하나 샀어. 한 5억 들었나? 부동산 소개비를 확 깎아서 말이야."
그렇게 한 시간 동안 자기 자랑을 늘어놓고는 계산은 아무 말도 없이 묵묵히 듣고 있던 친구가 한다.

칠십여 년을 함께 산 인생에게 할 말이 돈 이야기밖에 없다니 참으로 서글프다. 최소한 인생 이야기, 나눔 이야기, 여행 이야기는 못 할망정 한 시간 동안 자기 돈 자랑만 하다가 계산은 이번에 월세에서 전세로 이사 간 친구가 한다.

불현듯 이런 말이 떠오른다.

이삼십 대는 강한 자가 살아남는 게 아니라 살아남은 자가 강하다.

사오십 대는 적는 자만이 살아남는다. 수첩공주라 해도 좋다. 잊어버리는 것보다 적어야 살아남을 수 있다.

그리고 육십이 지나면 炙^{고기구울 적}자생존, 즉 '입은 닫고 지갑을 열어 고기를 굽는 자'만이 살아남는다.

씨앗이 좋아야 열매가 튼실하다

2013년부터 시작한 '이상국의 힐링토크콘서트'는 2017년이 되어 시즌5를 맞이했다. 운이 좋아 시즌4에 구경 온 호야엔터테인먼트에서 함께하자고 제의가 와서 홍보나 티켓 판매는 그곳에서 모두 맡아 하기로 해서 공연에만 집중하면 된다.

연습이 가장 힘들다. 관객이 하나도 없는 텅 빈 공간에서 혼자 100분을 떠든다는 것은 미친 짓이다. '연습이 곧 결과'라는 믿음으로 다잡아 보지만 결코 쉽지가 않다. 대본을 직접 쓰는데, 테마와 줄거리를 잡고 애드리브가 많이 가미되는 게 사실이다.

연습 도중 김제동의 『그럴 때 있으시죠?』라는 책을 만났다. 김제동의 토크콘서트가 모티브가 되어서 시작한 만큼 그의 강연은 유튜브를 통해서 거의 다 봤다. 김제동은 대본 하나 없이 자연스럽게 강연을 한다. 강연을 볼 때마다 느끼는 것이지만, 김제동의 스승 방우정이 지어 준 '천수구天受口', 즉

'하늘이 내려준 입'이라고 감탄을 금치 못한다.

그 책을 보면서 또 한 번 놀랐다. 강연을 옮겨 놓은 것인지 아니면 대본에
충실해서 강연을 한 것인지는 알 수 없으나, 토씨 하나 틀리지 않고 옮겨진
책의 활자를 보면서 씨가 좋아야 열매가 튼실하다는 사실을 깨달았다.

연습 없는 결과는 없으며,
씨가 없는 열매는 없다는 진리이다.

꽃이 핀다고 다 열매는 맺지는 못하나
꽃이 피지 않고 열매를 맺는 법은 절대 없다.
화려하지 않지만 나만의 향기를 가진
예쁜 꽃을 만들고 있다.

술퍼면 슬퍼 슬프면 술퍼

술을 먹고 차가운 물에 들어가면 안 됩니다.

'술 깹니다.'

술 먹은 다음 날 들깨 들어간 음식을 먹으면 안 됩니다.

'술이 들깨.'

대구 용산동에 있는 술집 간판

'술퍼면 슬퍼 슬프면 술퍼'

맛있는 우유

이틀에 하나씩 들어오는 우유가 냉장고에 가득하다.
첫째 녀석에게 '우유 좀 마셔라'라고 다그치니
녀석이 '아빠도 마셔!' 한다.
통풍에는 우유를 마셔야 하는데 게을리한다.
'아빠도 우유 좀 마셔!' 이 말에 행복하다.

세상에서 가장 맛있는 우유는
'아이러브우유 I Love You'

판사의 망치 목수의 망치

음의 박자가 맞지 않으면 '음치'

몸의 박자가 맞지 않으면 '몸치'

정신의 박자가 맞지 않으면 '정치'

판사의 망치나 목수의 망치는 똑같습니다.

자신을 보는 도구

우리 집은 6남매이다. 가난하게 자랐지만 저마다 자존감과 개성이 뚜렷해서 어디를 가든지 기가 죽는 스타일은 없다. 그러니 자라면서 엄마 속을 얼마나 썩였겠는가. 하루는 아빠가 6남매를 모아 놓고는,

"엄마 속 좀 그만 썩여. 너희들이 생각하기에 우리 집에서 가장 말 안 듣는 사람이 누구야?"

그러자 6남매는 동시에 이렇게 대답했다.

"아빠."

도박장에 가면 없는 게 세 가지 있는데, 시계와 창문 그리고 거울이라고 합니다. 이 세 가지는 자신을 볼 수 있는 사물이기도 합니다. 시계의 목적은 시간을 알리는 것보다 멈추지 않는 것이며, 창문은 다른 세상을 보며 한곳에 빠지지 말라는 뜻이고, 거울은 자신의 모습을 있는 그대로 비춰 줍니다. 그래요.

거울로 자신을 비춰 보고 더 넓은 세상에 희망의 씨를 뿌리고

멈추지 않고 나아가는 멋진 인생. 괜찮지 않나요?

술 먹으면 머리가 아픈 이유

과음한 다음 날 머리가 아픈 이유는?

'아침에 발견한 카드 전표 때문에'

과음한 다음 날 속이 쓰린 이유는?

'술값은 내가 계산했는데 여자들이 친구에게만 관심을 보여서'

그래도 저녁이 되면 술이 다시 생각나는 이유는?

'혹시나 해서'

'혹시나'는 행동이 되고

행동은 습관이 되고

습관은 나의 인생이 됩니다.

겸손은 어려워

대구바로본 병원의 오픈 1주년 직원한마음대회 진행에서 윤태경 원장님을 처음 만났다. 상하관계가 아니라 가족 같은 분위기였고, 게임에는 윤 원장님을 비롯한 전문의들이 더 적극적이었다.

2부 화합의 자리에서는 테이블을 찾아다니면서 술 한 잔씩을 따라 주며 직원 이름 한 분 한 분을 기억하며

"여러분 덕분에 바로본 병원이 여기까지 잘 왔습니다."

라고 하면서 권했던 잔에다 한 잔씩 받는다. 그리고 연신 고개를 숙인다.

"바로본 병원은 진료도 바로 보고, 병도 바로 보지만 제가 제일 바로 본 것은 여러분을 바로 보고 뽑았다는 것이고 함께한다는 것입니다."

잘난 자는 잘난 척하지 않아도 그 잘남을 알고, 가진 자는 가진 척을 하지 않아도 그 부자 됨을 알고, 아는 자는 아는 척을 하지 않아도 그 지혜를 가늠할 수 있습니다. 그 뿌리에는 바로 '겸손'이라는 토양이 있기 때문입니다.

2주년 행사와 3주년 행사를 함께했는데, 병원은 엄청나게 발전하고 성장해 가고 있다. 이렇듯 겸손은 사람을 가깝게 하고 머물게 한다.

아침입니다.
오늘과 오늘 사이에 밤이라는 커튼을 치는 이유는
무엇이든 새롭게 시작할 수 있다는 것입니다.

그래요.
아침은 그런 새로움의 단어입니다.

그래서 우리는 '작심삼일'이라는 단어를 씁니다.
삼 일마다 마음먹은 것을 새롭게 시작하면 되는 것입니다.

    - 「아침이란 새로움이다」

2. 분위기를 밝히는 스피치, '스위트(sweet)'

- 오직 당신만이
- 가슴을 열면 마음이 보인다
- 함께하는 행복 메시지

오직 당신만이

성공의 키

개가 타는 스키는 '시베리안허스키'
음악가가 타는 스키는 '차이코프스키'
술꾼이 타는 스키는 '위스키'

꿈이 있는 사람이 타는 스키는
'석세스~키 success key'

재치

용왕이 토끼의 간을 먹으려고 거북이를 시켜 토끼를 데려오게 만드는데, 토
끼는 용왕 앞에서 당당히 이야기를 하죠.
"너무 급히 오느라 간을 가져오지 못했네요."
그 말을 하고도 토끼는 아마 간이 콩알만 해졌을 거예요.

우리는 이것을 '재치'라고 하죠.
슬기롭게 위험한 사항을 잘 받아서 넘기는 행위,
재미있게 치료하는 단어가 바로 재치입니다.

'결혼한다'의 미래형은

부모님의 이혼으로 할머니와 사는 아이가 있었다.
국어시간에 시제에 대하여 설명을 하고 있었다.
"'결혼한다'의 미래형은?"
그때 할머니와 사는 아이가 이렇게 대답했다.
"이혼한다."

부모가 아이이게 물려줄 수 있는 최고의 유산은
'부모 스스로가 행복하게 사는 것이다'
인간은 환경의 동물이고 환경의 지배를 받는다.

그래요.
환경은 내가 만들어 가는 것이에요.

희망의 씨

망고를 무척이나 좋아하는 지희는 돈이 부족해서 장바구니에 하나만 담고
서 한참을 쳐다보고 있었다. 평소에 지희를 좋아한 과일가게 총각 사장 용
관이는
"오늘은 특별행사를 하는데, 저한테 뽀뽀 한 번에 망고 하나를 더 드려요."
지희는 망고를 10개나 담았다. 그 모습에 용관이는 싱글벙글하며 지켜보고
있다가 지희가 계산을 하러 오자,
"음, 10개를 담았으니 뽀뽀 10번입니다."
그러자 지희는 문 쪽을 향해서
"오늘 계산은 할머니가 하실 거예요. 할머니!"

그래요.
아무리 사납고 질긴 고통이 닥칠지라도
희망이라는 싹은 버리지 마세요.

아침이란 새로움이다

아침입니다.
오늘과 오늘 사이에 밤이라는 커튼을 치는 이유는
무엇이든 새롭게 시작할 수 있다는 것입니다.

그래요.
아침은 그런 새로움의 단어입니다.

그래서 우리는 '작심삼일'이라는 단어를 씁니다.
삼 일마다 마음먹은 것을 새롭게 시작하면 되는 것입니다.

중심에 내가 있다

대학에서부터 대구에서 생활을 했으니 30년이 되었다.

사람들은 묻는다.

"중앙무대 서울로 가는 게 어때요?"

그러면 나는 이렇게 대답한다.

"내가 있는 곳이 중심이다."

서울로 강의를 갈 때면 지방을 다녀오겠다고 하며 집을 나선다. 서울이 중심이라고 말하는 것은 행정적인 분류이고, 내 마음속의 중심은 내가 살고 있는 대구이기 때문이다.

서울로 조찬강의를 떠날 때는 동대구역에 5시부터 10분 단위로 KTX가 나를 기다리고 있다. 겨울에는 따뜻하게, 또 여름에는 시원하게 적정한 온도까지 맞춰 놓고 내 자리는 번호까지 부여받아 아무도 차지하지 않는다.

감기에 걸려 병원을 찾으면 간호사부터 의사까지 밝은 미소로 어디가 불편해서 오셨냐며 반겨 준다. 내가 언제 아플 줄 알고 동네마다 내과나 이비인 후과가 있다. 더군다나 병원 진찰비를 다 받지도 않고 의료보험에서 지원해 준다. 몇 번을 찾아도 같은 혜택을 준다. 단지, 손해 보는 것이 있다면 잘 아프지 않아서 그 혜택을 다 누리지 못한다는 것이다.

전화 한 통이면 짜장면부터 족발, 스파게티, 피자, 통닭, 싱싱한 회 등 원하는 모든 것을 빛과 같은 속도로 가져다준다. 그리고는 짜증도 내지 않고 배달시켜 주셔서 감사하다고 인사까지 한다.

어디 이것뿐인가? 손가락으로 클릭 몇 번만 까닥이면 산해진미는 물론 옷부터 보석, 가구, 텔레비전, 냉장고, 심지어는 자동차까지도 집 앞까지 대령해 준다.

내가 언제 저축을 할 줄 알고 동네마다 은행을 만들어 내가 방문하기만을 대기하고 있고, 술을 먹은 날은 계산도 하기 전에 말단 사원도 아닌 대리님들이 차 앞에 대기하여 안전하게 집까지 데려다 준다. 사실 집이 가장 안전하지 않고 위험한 곳이라고 말하는 분들도 계시지만 말이다.

세상의 중심은 행정적인 구분이 아니라, 내가 있는 이곳이 중심이 된다.

나 자신에게 좋은 사람

'늦은 밤에 골목에서 술을 먹고 큰소리로 소리를 지른다'를 사자성어로 하면? '고음불가' 혹은 '고성방가'

어느 초등학생의 답은?
'아빠인가'

1970년대의 아버지는 지치고 힘든 일상을 그렇게 약주 한 잔과 흥얼거리는 노랫소리로 자신을 위로하고 살았습니다. 그렇게 처진 어깨로 들어오시는 아버지를 뵐 때면 어린 나이에도 참 측은한 생각이 들곤 했습니다. 그래서 내가 아빠가 되면 '나 자신에게 좋은 사람이 되겠다' 생각한 적이 있어요.

그래서 아빠가 된 저는 스스로에게 혼자 여행이라는 상을 주기도 하고, 근사한 식당에서 맛난 음식을 사 주기도 하고, 사고 싶었던 신발도 사 주고, 조조영화로 영화관을 통째로 빌리는 호사도 누려 보고 조금 무리를 해서라

도 차를 바꾸기도 합니다. 사실 마누라도 마음대로 못 바꾸는데, 차는 5년
에 한 번 정도 바꾸는 사치는 부리고 싶습니다.

그래요.
사랑하는 사람에게 정성을 다하듯
자신에게도 정성을 다해 보세요.

불필요합니다

가풍이 있는 종갓집 며느리가 아들을 출산했다. 잠깐 자리를 비운 사이, 시어머니가 손자에게 젖을 물리고 있는 광경을 본 며느리는 어이가 없어 남편에게 알렸지만, 남편은 이 말을 무시했다. 며느리는 너무 화가 나서 여성인권위원회에 전화로 하소연을 하자, 듣고 있던 상담원이 한마디 한다.

"맛으로 승부하세요."

컨트롤할 수 없는 영역도 있어요. 상대의 마음도 그렇고 자식은 더욱더 그렇죠. 남편은 아 …. 자기가 알아서 하게 놔두세요. 내가 해 줄 수 있는 데까지는 해 주고, 나머지는 그들의 몫이지요.

그래요.
내가 원하는 대로 되지 않는다고
원망할 필요가 없어요.
그런 걸 '불필요'라고 합니다.

세잎클로버의 행복

네잎클로버는 행운을 상징한다고 합니다. 그 네잎클로버의 행운을 찾기 위해 세잎클로버의 '행복'을 밟고 있지는 않지요. 행복은 하늘 위에 떠 있는 구름만큼이나 발견하기가 쉽다고 하는데, 그 행복을 못 알아보지는 않나요. 고개를 숙여 땅에도 행복이, 고개를 들어 하늘에도 행복이… 그렇게 행복은 천지에 널려 있습니다.

하루살이와 모기가 사랑에 빠졌는데 모기가 프러포즈를 했다.
"자기야, 내일 우리 집에 가서 부모님께 인사드리고 결혼식 날짜를 정하자."
그러자 하루살이가 하는 말.
"오래 살다 보니 별소리를 다 듣겠네."

행복이 넘쳐도 당신이 존재하지 않는다면
아무런 의미가 없습니다.
행복의 조건은 '당신이 존재'한다는 것입니다.

직장에서 가장 힘든 일은 누가 할까요?

귀남이가 상무에게 하루 쉬겠다는 휴가원을 내자, 상무가 말한다.

"자네는 단 하루도 일을 하지 않겠다는 건가? 일 년은 365일 하루 8시간 근무한다고 치면 122일인데, 우리 회사는 아주 좋은 회사니까 출퇴근시간까지 넣어서 12시간을 일한다고 쳐도 183일이야. 그중에서 토요일, 일요일 104일이면 겨우 79일이 남네. 그런데 광복절, 삼일절, 크리스마스, 어린이날, 추석, 구정… 이걸 합치면 글쎄 노는 날이 68일일세. 그럼 11일이 남지. 그런데 자네가 지난 여름휴가로 10일을 썼지? 그럼 단 하루 남는데 그 하루마저도 휴가원을 내겠다는 건가? 그럼 자네는 단 하루도 일을 안 하고 날로 먹겠다는 거구만."

그러자 귀남이는 억울한 표정으로,

"우리나라 인구가 5,000만 명이죠. 그중에 2,700만 명은 노인이나 실업자 퇴직자 개인사업자죠. 그럼 2,300만 명이 남는데 오늘 기준 학생이 1,800만 명이니, 그럼 500만 명이 남죠. 그중에 100만 명은 군대나 방위근무 중이고, 정치를 하거나 공무원 수가 250만 명에 해외에 파견 나간 인구가 50만 명이면 100만 명이 남는데, 양로원이나 병원에 누워 있는 환자가 98만 명입니다. 그럼 2만 명이 남는데, 감옥이 들어간 사람이 19,988명이래요. 그렇다면 일할 수 있는 사람은 상무님과 저 단 둘뿐인데, 상무님은 결재에 사인만 하니까 결국 일을 하는 사람은 나 하나뿐이잖아요."

직장에서 가장 힘든 일을 하는 사람은 '자기 자신'입니다.

그래요.
당신의 어깨에 세상의 모든 짐이 내려와 있다는 것은
오직 당신만이 그 일을 해낼 수 있다는 증거입니다.

어차피 될 일은 된다

지방 강의로 새벽에 들어오면
주차장은 만원이고 차가 애물단지가 될 때가 있습니다.
그러나 나는 한 번도 주차를 못한 적이 없습니다.
'내가 도착하면 주차할 곳이 분명히 있다. 나는 나를 믿는다.'
이렇게 기도하면서 오면 주차할 곳이 나타납니다.
빈 공간이 생길 때까지 아침까지 찾아다니기 때문이죠.

되는 사람은 해결 방법을 찾고
안 되는 사람은 변명 방법을 찾습니다.
마음에 드는 사람이 있으면 끝없이 두드리세요.
기회의 문이 오지 않으면 스스로 기회의 문을 만들면 됩니다.

반사

까맣게 타 버린 마음에는
새싹이 돋지 않습니다.

누군가 집에 방화를 하고 도망을 가고 있어요.
그놈을 잡으러 가야 하나요?
아니면 불부터 꺼야 하나요?
내 이야기를 나쁘게 하는 친구가 있어요.
그럼 그 친구에게 몽둥이를 들고 찾아가는 게 좋을까요?
아니면 내 마음의 평온을 찾는 게 먼저일까요?

나에게 조금 이기적으로 살아도 됩니다.
그리고 상대의 마음을 다 받을 필요도 없습니다.
그때는 이렇게 해 보세요.
너의 마음은 알지만 나는 받을 생각이 없어 '반사'!

마음의 부자

트래킹코스와 분수대, 체육시설이 있는 공원은 아파트에서 바로 내려다보인다. 사시사철 꽃이 피고 저녁이 되면 분수대에서 무지갯빛 조명으로 음악에 맞춰 물줄기가 춤을 춘다. 그게 나의 정원이다. 더 기분 좋은 건 관리비를 구청에서 부담한다는 것이다

영화 〈약속〉의 대사 중에 "원래 저 산이 내 산이 아니었는데 내 산이라고 믿고 평생을 살았으면 내 산일까? 남의 산일까? 원래 저 산이 내 산이었는데 평생을 내 산인지 모르고 살았으면 저 산이 내산일까 ? 남의 산일까?"

그냥 내 정원이라고 믿고 살아도 아무도 태클을 걸지 않아요.
재산세 안 내도 되고 관리비 걱정 안 해도 돼요.
그냥 내 것이라 믿고 사는 데 문제없으니 내 것인 거죠.

새들도 가끔씩 찾아와서 노래 부르고

도시의 바람도 잠시 쉬었다 가고

바쁜 일상을 잠시 머물게 하는 정원을 빌려주고 있어요.

그래요.

담는 것도 내 것이요, 나누는 것도 내 것이에요.

천당에는 등기부 등본이 없다고 하네요.

가 보지도 않고 어떻게 아냐고요?

궁금하면 가 보세요….

명문대학 DID (들이대)

청와대 :   재학 중에 최고의 대우를 받는다.

            졸업 후의 진로는 가늠하기가 힘들다.

싱크대 :   여대로 시작했으나 지금은 남자들도 입학하는 경우가 많다.

            하기 싫은 과목이 많은데, 가족들이 좋아한다.

해운대 :   여름 학기로 개강을 하는데, 몸짱들이 장학생으로 많이 다닌다.

갈대 :   감성을 주전공으로 배우는데, 여성들에게 인기가 많다.

주대 :   남자들이 등록금을 많이 내는 대학으로, 부부싸움의 원인이 되

            기도 한다.

하바드대 : 퇴직자들이 찾는 대학으로 하루 종일 바쁘게 드나드는 대학

인생을 행복하게 사는 사람들이 다니는 대학은 바로 '들이대'

생각이 행동으로 이어지는 바로 그 명문대학 DID(들이대)

그래요.

많이 가진 것보다 많이 아는 것보다

더 무서운 사람은 행동하는 사람입니다.

주저할 것 없잖아요.

한 번도 실패하지 않은 사람은

한 번도 도전하지 않은 사람입니다.

사랑하는 사람에게 지금 들이대세요.

잊어라

122살의 나이로 기네스북에 오른 프랑스의 잔 칼망은
장수 비결을 묻자 이렇게 답했다.
"하나님이 나를 데려가는 것을 잊어버렸나 봐요."

생각이 많아 잠자리에 쉬이 들지 못하는 사람들의 공통점은
결론내지 못한 것에 대한 생각 때문이다.

잊을 것은 잊어라.
설령 기억이 나더라도 그것마저도 빨리 잊으라.
걱정해서 해결될 일이면 걱정할 필요가 없고
걱정해도 해결되지 않은 일이면 걱정할 이유가 없다.

아침은 어김없이 온다는 믿음만 버리지 않으면
그 또한 지나간다.

넘어지는 용기

사회단체 모임에 회장으로 취임하는 최성혁 회장은 연단에 오르다가 카펫에 걸려서 넘어지고 말았다. 사람들은 웃기 시작했고 마이크를 잡은 최 회장은 이렇게 연설했다.

"여러분에게 즐거움을 줄 수 있다면 한 번 더 넘어질 용의가 있습니다. 제가 회장직을 수행하는 동안 여러분에게 즐거움과 웃음을 줄 수 있는 시간을 많이 만들어 보겠습니다."

인간이 위대한 것은 절대 넘어지지 않는 것이 아니라
넘어져도 다시 일어나는 용기가 있는 것입니다.

그래요.
넘어져도 당당한 것은 뚜렷한 목표가 가슴을 채웠기에
다시 넘어지는 것이 두렵지 않습니다.

보는 눈이 빛나는 이유

등산을 함께한 현수 부부.

아내가 업어달라고 하여 싫지만 어쩔 수 없이 업었는데,

아내가 미안한 마음에

"현수 씨, 나 가볍지?"

"그래, 가볍다. 머리는 비었지, 허파에 바람들어갔지, 생각 없지!"

한참을 가던 현수는 아내에게

"자기가 나도 한번 업어 주라. 조금 무겁지? 응?"

"그래. 간은 부었지, 얼굴은 철판이지, 나이 많지."

그래요.

원래 모든 기준은 자기의 입장에서 바라봅니다.

모든 것을 다 갖출 수는 없지만

있는 그대로를 사랑하는 눈으로 바라보세요.

촉촉한 눈빛으로 다시 보면

상대의 눈이 아니라 자신의 눈이 빛나고 있음을 발견하게 됩니다.

말보다 먼저 행동

서울에서 부산까지 KTX로 통학을 하는 대학생이 있었다. 순방향 좌석을 고집하는 이유는 역방향을 타면 학교에 와서는 머리가 아프다며 잠만 자고 하교를 하기 때문이란다.

그날도 학교에 와서는 잠만 자는 게 아닌가? 교수가

"오늘 역방향을 타고 왔구나."

"네, 가족석을 탔는데 맞은편 사람에게 자리를 바꿔달라는 말을 못했어요."

"부탁을 해 보지 그랬어?"

"네, 저도 그러려고 했는데 아무도 없어서요!"

그래요.

'키스해도 되나요?' 그 말을 하기 전에

'손잡아도 되나요?' 그 말을 하기 전에

'선물해도 되나요?' 그 말을 하기 전에

'사랑해도 되나요?' 그 말을 하기 전에

허락보다 앞서 몸이 먼저 가야 하는 경우도 있습니다.

가슴을 열면 마음이 보인다

물

물은 막히면 돌아가고 갇히면 채워 주고 넘어갑니다.
물은 빨리 간다 뽐내지 않고 늦게 간다 탓하지 않습니다.

여자들이 좋아하는 물은 선물이고
절대 받아서는 안 되는 물은 뇌물입니다.
내가 옷을 벗고 뽐내고 있으니
아내가 '흉물'이라며 도망가 버립니다.

쓰다가 버려지는 오물보다는
자기를 희생하여 만나게 되는
마중물 같은 인생도 괜찮을 것 같아요.

틀린 게 아니라 다른 것

정현이는 돼지고기를 안 먹는다.
'종족끼리는 먹는 게 아니라면서'

작은딸은 토마토를 케첩에 찍어먹는 습관이 있다.
"얘야, 케첩도 토마토로 만든 거란다."
딸이 한마디 한다.
"아빠는 고추를 고추장에 찍어 드시잖아요."

그래요.
우리가 만드는 갈등과 어려움은
나는 옳고 상대는 틀리다는 마음에서 출발합니다.
틀린 게 아니라 다른 것이라고 생각합시다.

너무 기대하지 마세요

성철이는 약을 파는 영업을 한다. 일명 '약장수'라고 놀리면 성철이는 늘 이렇게 말한다.

"몸이 아프면 약으로 치료할 수 있지만, 관계가 아프면 약이 잘 듣지 않습니다. 행복의 묘약, 관계의 묘약을 판매하여 인생을 장수하게 만드는 약장수 황성철입니다."

관계를 병들게 하는 것은 바로 미움이라는 바이러스가 생겨나서 그렇습니다. 내 마음속에 미움이라는 균이 자라면 짜증이라는 열매가 맺고, 갈등과 불안이 전염되어 분노라는 암 덩이가 자라게 됩니다.

미워한다는 것은 상대에게 기대가 많았다는 것이고,
보상기대를 버리면 미움도 없어집니다.

만점 신랑

백화점에서 아내가
"자기야, 원피스 분홍색이 이뻐?
파란색이 이뻐?"

파란색이라고 답했다면 20점
또는 분홍색이라고 답했다면 20점
"알아서 골라."라고 답했다면 0점

파란색이나 분홍색이나
"당신을 위한 딱 맞춤이네."
하면서 블랙카드를 내밀면 100점

행복은 소유가 아니라 관계

기업체 강의를 마치고 나오는데, 마음도 착하고 얼굴도 예쁘신 담당자분이 식사를 대접하겠다며 식당으로 끌고 간다. 강의 섭외도 해 주시고 다른 기업체에 소개도 많이 해 주셔서 식사 후 내가 먼저 계산대로 향했는데, 쏜살같이 달려와서는 카드를 내미는 것이다. 그래서

"사장님, 여기는 미인한테는 계산받지 않는다고 하던데, 맞죠?"

하면서 유머를 날리고 내 카드를 내밀었다. 주인은 내 카드로 계산을 해 주셔서 다행이었다고 생각하고 있는데, 담당자분이 하는 말.

"성형미인은 안 되나 봐요!!?"

행복은 소유가 아니라 관계에서 발전합니다.
남을 행복하게 하면 내가 행복하고 내가 행복하면 남도 행복해합니다.

틀림이 아니라 다름이다

사자 남편과 한우 신부가 뜨거운 사랑을 하다가 주위의 만류에도 불구하고 결혼을 했다. 사자 남편은 아내를 위해 사냥을 나가서 싱싱한 고기를 구해 왔지만, 한우 아내는 한 입도 못 먹는 것이었다. 입맛이 없어 그런 줄 안 사자 남편은 아내를 위해 더 좋은 고기를 구해 왔지만, 아내는 여전히 먹지를 못했다.

한편 아내는 고기만 먹는 남편이 걱정이 되어 유기농채소로 식탁을 차렸다. 그러나 사자 남편은 야채를 전혀 먹지 않는 것이었다. 결국 둘은 자기의 마음을 알아주지 않는다며 크게 타투다가 이혼을 하게 되었다.

남녀는 태어날 때부터 다르게 태어났다. 동서양을 막론하고 수컷은 사냥을 하던 종족이다 보니 목표 지향적이고 이성적인 반면, 암컷은 채집을 하고 야채를 키우는 감성적이고 관계 지향적이다.

틀림이 아니라 다름이다. 상대의 다름을 인정하지 않으면 틀어지게 마련이다. 나는 나름대로 최선을 다해 노력했는데 상대가 알아주지 않는다고 화내지 말고, 원래 그러려니 하고 치부해 버리면 된다. 사랑은 주고받는 게 아니라, 내가 더 많이 주는 것이라 생각하면 마음이 편하다.

정성스런 밥상을 차리듯 정신도 차려 봅니다

사장은 술집 여사장에 빠져서 정신없고
상무는 술독에 빠져서 정신없고
과장은 눈치 보느라 정신이 없고
대리는 노래 선곡하느라 정신이 없고
신입은 빈병을 세느라 정신이 없다.

그래요.
정신없기는 마찬가지예요.
때로는 정신 줄을 놓고 싶을 때도 많아요.
삶이 고달프고 힘들어 포기하고 싶을 때
나를 의지하고 있는 딱 한 사람,
정성스런 밥상을 차리는 그 사람의
삶도 무너진다는 걸 알기에
다시 한번 정신을 차려 봅니다.

마음의 소리

사랑하는 사람에게 가장 먼저 해 주어야 할 일은 '듣는 것'입니다.

종태는 결혼 20주년에 아내를 기쁘게 해 주기 위해 결혼 전 데이트를 즐기던 레스토랑을 찾아 특별히 돈가스를 주문했다. 스피커에서는 비발디의 〈사계〉 중 '봄의 소리'가 들리고 마침 돈가스가 도착했다. 추억과 음악에 흠뻑 빠진 아내는 지그시 눈을 감고는,
"자기야, 이 곡이 무슨 곡이야?"
하고 물었다. 그러자 종태는 뿌듯한 모습으로

"응, 돼지 고~기야."

귀를 열면 소리가 들리고
가슴을 열면 마음이 들립니다.

이유가 없는 사람이 좋다

암탉과 젖소가 이른 새벽부터 서로가 더 억울하다며 신세한탄을 한다. 암탉
이 먼저 입을 뗀다.
"인간들은 평생에 한두 명의 아이를 놓으면서 나에게는 매일매일 알을 낳으
라고 강요해. 평생 한 번도 아이를 낳지 않은 사람도 있으면서 말이야. 하
여튼 염치가 없다니까!"

그러자 젖소가 한숨을 크게 쉬더니,
"그 정도는 말도 하지 마. 인간들은 평생을 내 젖에서 나온 우유를 먹고 자
라면서 한 번도 나에게 '엄마'라는 소리를 하지 않는다? 기본도 없다니까!"

돈이 좋아서 그 사람을 좋아하게 되면 돈이 떨어지면 그 사람을 좋아할 이
유가 없어지고, 직업이 내세울 만해서 그 사람을 좋아하면 직업의 인기가
떨어지면 그 사람을 좋아할 이유가 없다.

"좋아하는 데 이유가 없는 사람이 좋다.
좋아하는 이유가 있는 사람은
그 이유가 없어지면 떠나 버리고 말 테니까."

– 신준모의 『어떤 하루』

무엇이 좋아서 사랑하는 게 아니라,
사랑하면 모든 게 다 좋아진다.

여자와 골프의 공통점

작은 실수에 민감하다.

관심을 지속적으로 가져야 한다.

만족을 모른다.

벙커에 빠지면 나오기가 쉽지 않다.

배추의 삶

배추는 이타적인 삶을 살아갑니다. 밭에서 뽑힐 때 한 번 죽고, 칼로 자를 때 또 죽고, 소금으로 절일 때 죽고, 김치로 재탄생하여 어금니 속에서 씹힐 때 장렬히 전사합니다. 그냥 운명하는 게 아니라 비타민과 유산균을 보태고 암과 성인병의 면역력을 높이고 고기 등으로 산성화되어 있는 혈액속의 산 중독을 예방해 줍니다.

평생을 도움을 받아 사는 사람도 있고
평생을 베풀며 사는 사람도 있습니다.
이왕 사는 거 조금 베풀며 사는 삶도 꽤 괜찮을 것 같아요.
우리가 돈이 없지, 가오가 없지는 않으니까요.

밥상에 칭찬

철이의 둘째 아들이 태권도대회에 나가 동메달을 땄다고 문자를 보내왔다. 동년배 체급 선수가 네 명 출전했는데, 한 명이 기권을 해서 부전승으로 동메달을 획득했다면서 하루 종일 목에 달고 다닌단다. 상을 받는다는 것은 영광이다. 큰아들은 학교에서 처음으로 선행상을 받아 왔다고 문자가 또 왔다. 알고 보니 아이들 기죽을까 봐 교장선생님이 전교생에게 상을 다 나누어 주었다고 한다.

상은 '받는 사람도 주는 사람도 기분 좋게 한다.'는 말이 있습니다. 그 속에 격려와 인정이 함께 들어가 있기 때문입니다. 우리는 가장 소중한 상 '밥상'을 매일 받으면서도 고마움을 잊고 살지는 않는지…. 밥상을 받으면 이렇게 인사해 보는 건 어떨까요?

"감사합니다."

"행복합니다."

"너무 맛있다."

"나는 먹을 복이 넘친다."

"와~우! 음식이야, 예술이야?"

밥상에 칭찬이라는 찬으로 행복을 챙기세요.

남녀의 차이

남자는 헤어지면 돌아오기를 바라고
여자는 헤어지면 잡아 주기를 바란다.

남자는 친해지려고 목욕탕에 가고
여자는 친해져야 목욕탕에 간다.

남자는 인정을 받고 싶어 하고
여자는 이해를 받고 싶어 한다.

남자는 신뢰를 받고 싶어 하고
여자는 관심을 받고 싶어 한다.

남자는 동의를 받고 싶어 하고
여자는 공감을 받고 싶어 한다.

남자는 목표 지향적이고
여자는 관계 지향적이다.

남자의 용기는 기억하되 실수는 기억하지 말고
여자의 생일은 기억하되 나이는 기억하지 않아야 한다.

말

세상에서 가장 빠른 말은 '적토마'
적토마보다 더 빠른 말은 '주말'
주말보다 더 빠른 말은 '설마'

한번 떠난 말은 돌아오지 않습니다.
조급하지 않게, 그렇다고 느리지도 않게
생각하고 말하고
생각하고 행동하고
생각하고 보내세요.

함께하는 행복 메시지

사랑의 과정

놀이터에서 세 아이가 여름방학 동안 있었던 일을 자랑한다.
"나는 점심에 우동을 먹으려고 하루 만에 일본을 갔다 왔어."
그러자 또 다른 아이는
"난 저녁에 스파게티를 먹으려고 이탈리아에 갔다 왔어."
가만히 듣고 있던 기목이는 이렇게 말했다.
"난, 야참으로 김밥을 먹으려고 천국에 다녀왔어.
'김밥천국'."

목적이 확실하면 과정은 만들어지는 것이다.
사랑은 택시와 같다고 했다.
타고 온 만큼의 요금은 지불해야 한다.

사랑을 얻고자 한다면 무엇을 얻을 수 있느냐보다
무엇이 되고자 하는가가 중요하다.

Dandi (단디)

포루투칼어로 '단디 Dandi'는 '멋쟁이 남자'라는 뜻이다.
경상도 방언으로 '단디'라는 단어는
'단단히, 제대로, 똑바로'라는 뜻을 가지고 있다.

"단디 하겠습니다."
"단디 이루겠습니다."

단디 하는 사람들이 많은 멋쟁이 세상.

딸과 아내의 차이

딸이 술 먹고 늦게 들어오면 아빠는 잠 못 이루고
아내가 술 먹고 늦게 들어오면 문 잠그고 잔다.
비밀번호를 바꾸기도 하고,
새벽에 이사를 하는 경우도 있다.

딸이 아프면 병원에 데려간다고 바쁘고
아내가 아프면 회사일이 바빠진다.

딸이 전화하면 밥 먹었냐고 물어보고
아내에게 전화 오면 밥은 알아서 먹으라고 한다.

딸이 애교를 부리면 용돈을 주고
아내가 애교를 부리면 주먹을 준다.

딸이 여행을 간다고 하면 공항까지 배웅하고
아내가 여행을 간다고 하면 강아지가 배웅한다.

그래요.
오팔이라는 보석은 사람의 따뜻한 온기로 인해
그 빛을 선명하고 아름답게 낸다고 합니다.
아내도 고귀하고 소중한 딸이었다는 사실을
잊지 말아야 합니다.

아름다운 이별은 없다

사랑을 하다가 헤어지면 헤어지자고 한 사람은 가해자,
차인 사람은 피해자가 되는 게 사랑이 아니다.
그냥 감정이 달라진 것뿐이다.

내가 그 사람을 사랑할 자유가 있는 것처럼
상대가 싫어하는 것도 자유이다.
사랑하는 동안 정말 사랑했다면 된 것이다.
사랑은 가해자도 피해자도 없는 감정의 세계이다.

아름답게 이별하려고 하지 마라.
그냥 있는 그대로 받아들여라.
사랑은 그런 거다.

존경받는 리더 '가장'

정치 9단 김종필 총재가 병석에 누워 있는 아내를 위해 휠체어를 타고 빵을 사 간 적이 있다. 정치는 허업虛業이라 정의하셨던 그가 '왜 더 아내를 사랑하지 못했던가?' 회상하며 눈물을 훔쳤다.

리더십이 있는 회장, 돈 잘 버는 사장, 일 잘하는 부장. 그러나 존경받는 가장은 왜 없을까? "엄마는 맛있는 걸 해 주고 강아지는 나와 놀아 주는데 아빠는 뭐하는 사람인지 모르겠다."는 한 어린이의 시가 가슴을 울린다.

그래요.
우리는 가장 소중한 걸
가장 쉽게 잊고 사는지도 모릅니다.

받아들인다는 바다

우리말에서 바다는 '받아들인다'는 의미래요.
옹달샘 물이건 큰 강을 이루던 물이건
더러운 물이건 깨끗한 물이건 가리지 않고
다 받아들인다는 뜻이래요.

그래서 '바다 해海'를 써요.
물수氵 변에 처마 밑의 어머니의 모습이 바로 바다입니다.
'처마 밑에서 기다리는 어머니의 마음'이라는 뜻이겠지요.

온종일 혼자 기다리는 바다는 '쓸쓸해'
기다리게 해 놓고 잘 찾지 않는 바다는 '미안해'
가장 아름다운 바다는 '사랑해'
온기가 가득한 바다는 '함께해'

어머니의 품처럼 모든 걸 받아들이고

너, 나 그리고 우리 모두가 '소중해'의

바다에서 헤엄치고 살아 봅시다.

오렌지

조찬강의를 위해 동대구역에서 서울로 향하는 KTX 옆자리에 단아하고 고우신 어머니 한 분이 타셨다. 피곤하신지 눈을 지그시 감고 계시는데, 가방에서 핸드폰 울리는 소리가 들려온다. 나지막이
"전화 왔습니다."
라고 하니, 전화를 다정히 받으신다. 남편분과 통화를 하시는 듯 걱정과 다정함이 묻어나는데 입력창에 '오렌지'라고 입력을 해 두셨다. 행복을 공부하는 나는 '어쩌면 이리도 상큼하고 달콤한 오렌지처럼 사실까?' 궁금해서
"지금 통화하신 분이 어르신 같은데, 아직도 그렇게 달콤하고 상큼하게 사셔요?"
그랬더니 어머니는 저를 지그시 보시더니 한마디 하셨다.

"언젠가는 내가 꼭 갈아 마실 거예요."

그러면서 입을 막고 조용히 웃으신다. 그리고 한마디 하신다.

"그런데 말이에요. 제가 제일 좋아하는 과일이 오렌지인데, 이빨이 안 좋아져서 새콤한 것은 잘 못 먹겠어요. 그냥 잘 간직하는 것만으로 상큼하고 달달해져요."

여튼 미소에서 행복이라는 상큼함을 느꼈습니다.

혼(混)

혼자 술을 즐기면 혼술
혼자 밥을 먹으면 혼밥
혼자 돈을 챙기면 혼돈의 세상이….

그런데요.
결혼식에는 혼주가 웃고
다투면서 행복하게 준비하는 혼수도 있네요.

혼자가 모여 혼混섞일혼 이 되면
혼사混事는 만사萬思입니다.

살맛나는 세상

'살맛나는 세상을 만들겠습니다.'
식인종 나라의 대통령 공약에서 나온 말이다.

이런 맛을 내는 사람이 좋다.
조용하지만 담백한 맛
소박하지만 깔끔한 맛
우둔하지만 정직한 맛

그리고
유쾌하고 시원한 맛, 성실하고 고소한 맛
깜찍하고 발랄한 맛, 열정적인 화끈한 맛

대한민국 정치인들도 제발
'살맛나는 세상' 만들어 주세요.

당신이 걷는 길

「행복이란 꽃길」

혼자
걷는 길에는
예쁜 그리움이 있고

둘이
걷는 길에는
사랑이 있지만

셋이
걷는 길에는
우정이 있고

우리가
걷는 길에는
나눔이 있습니다.

감사하는
마음으로 걷다 보면

어느 길이든
행복하지
않는 길이 없습니다.

그대 가는 길은
꽃길입니다.

오늘도

마음 가는 곳곳마다

꽃길이시기를….

– 린마틴

행복충전사가 여러분에게 드리고 싶은 길은

하루하루가 웃음이 넘치시길,

부자 되시길,

뜨거운 사랑을 하시길,

건강하고 활기 넘치시길,

어디를 가시든 보호받으시길….

졸업식 축사

둘째 녀석이 다니던 중학교에서 운영위원장 자격으로 졸업식 축사를 한 적이 있다.

"여러분, 졸업을 진심으로 축하합니다. 북한에 핵이 있다면 대한민국에는 중학생이 있어서 함부로 쳐들어오지 못한다는 말이 있습니다. 그만큼 창의성이 뛰어나고 열정이 뛰어나다는 뜻이겠지요.

중학교는 '가운데 중中'자를 쓰지만, 고등학교는 '높을 고高'를 쓴다는 사실은 여러분의 꿈이 더 높은 곳에 있고 그 높은 곳에 여러분이 올라간다는 뜻이기도 합니다. 그래서 오늘 졸업하시는 여러분에게 피자 한 판씩을 선물할까 합니다. 저는 피자를 가끔씩 먹는데, 여러분도 피자를 좋아하시나요?"

"예~!"

"엄마가 매일 사 주는 피자는 '책피자'이죠. 그러나 제가 여러분에게 드리고 싶은 피자는 '어깨 쭉 피자. 그리고 얼굴 확 피자'입니다. 당당하게 어깨 쭉 펴고 자신감 있게 얼굴 확 피자고요. 그래서 우리네 멋진 인생 쭉쭉 피자고 요. 감사합니다."

낙하산과 얼굴은 펴져야 살 수 있습니다.
오늘 어때요? 그냥 어깨피자, 얼굴피자 한 판씩 땡기자고요!

가장 아픈 손가락

열 손가락 깨물어서 가장 아픈 손가락은?
'가장 세게 깨문 손가락'입니다.

내가 깨문 손가락의 강도만큼 상대는 아픕니다.
아프게 깨물면 상처는 더 깊게 패입니다.

그래요.
미움은 상대를 향해 자라는 것 같지만
사실은 내 안에서 더 크게 자라서 병들어 가고 있습니다.

보약

바쁜 스케줄로 체력이 떨어졌다며 한약방을 찾았다.
원기회복과 간, 신장, 혈압에도 탁월한 효과가 있다며
아침저녁으로 공복에 한 봉지씩만 먹으란다.
"선생님, 그렇게 좋은 거면 두 봉지씩 먹으면 안 되나요?"
"안 됩니다. 배가 불러서 밥을 못 먹습니다."

보약도 좋지만,
가족과 함께 하는 밥이 최고의 보약이 아닐는지요.

여기서 잠깐, 난센스 퀴즈!
아침마다 정성스럽게 약을 주는 여자를 여섯 글자로 하면?
'약 올리는 여자'

편

편법은 사회를 병들게 하고
편식은 몸을 병들게 하고
편견은 생각을 병들게 합니다.
편함은 성공을 병들게 합니다.
편취는 상대를 병들게 합니다.

세상에서 가장 달콤한 술은 '입술'
아이들이 좋아하는 술은 '마술'
세상을 아름답게 하는 술은 '예술'
리더가 가지고 다니는 술은 '처세술'
상대의 마음을 얻는 술은 '유머화술'

입술은 향기가 나고
처세술은 성공을 부르며
예술은 삶을 풍요롭게 한다.

술은 선과 악의 맛이 함께 존재한다.
재료가 좋으면 좋은 일이 술술 풀리고
재료가 나쁘면 나쁜 일이 철철 넘친다.

- 「술술 풀린다」

3. 마음을 여는 스피치, '섹시(sexy)'

- 나쁜 남자의 유머
- 긍정의 힘
- 힘내라 대한민국, 응원 메시지

나쁜 남자의 유머

아내의 기도

"돈 많고 잘 생기고
힘이 좋은 그런 남편을 만나게 해 주십시오."

나는 아내가 기도할 때 눈을 감는 이유를 알았다.
현실을 부정하고 싶어서….

세상은 참 공평하다.
희망이라는 끈을 놓지 않게 하니까.

나쁜 남자의 기도

술 사 주는 친구가 심심할까 봐
술을 같이 먹어 주는 배려를 가지게 하시고

부모님이 재산을 빨리 분배함으로써
부모님의 걱정을 덜어 주시고

로또 1등 당첨으로 세금을 많이 내어
복지사업에 도움이 되게 하시며

아내의 잔소리가 노랫소리로 들리게 하시어
아내의 저혈압을 고혈압으로 올려 주시고

필드에 나가면 홀인원을 매일 하게 하시어
도박게임을 줄게 하시고

운동을 안 해도 초콜릿복근을 주시어
닭 가슴살의 아픔을 줄게 하시고

어디를 가든 당당하게 하여
자뻑에 빠지게 하시고

'이 지구상에 남자는 딱 하나, 나만 존재하게 하시어
여자들에게 선택의 고민을 덜어 주시고'

이 기도를 꼭 들어주시어 세상을 밝게 해 주십시오.

기도를 듣고 있던 아내의 외침.
"이 지구상에 딱 하나… 너만 아니면 돼!"

사랑의 반대말

'낯선 남자에게서 내 여자의 향기가 난다'를 5글자로 하면?
'혹시 이놈이'
그럼 이번에는 연령대별 답을 알아보자.

40대 아내

(낯선 여자에게서 내 남자의 향기가 난다 5글자로)

'들키면 죽어'

50대 아내

(낯선 여자에게서 내 남자의 향기가 난다 5글자로)

'감사합니다'

60대 아내

(낯선 여자에게서 내 남자의 향기가 난다 5글자로)

'원하면 줄게'

70대 아내

(낯선 여자에게서 내 남자의 향기가 난다 5글자로)

'고생이 많다'

사랑의 반대말은 미움이 아니라 무관심입니다.

술 같은 친구

술술 넘어간다고 하여 술이라고도 하고
어떤 이는 주(酒)님이라 하여 의지하는 것이 술이라고도 한다.
필자는 술을 한마디로 표현하면 '친구'라 칭하고 싶다.

내가 바라는 친구는
늦은 밤 연락을 해도 반겨 주고
즐거울 때 달콤하고, 힘들 때 힘을 주는
밝은 미소로 처음처럼 반겨 주고
참이슬로 마음을 촉촉하게 느껴 주고
멀리 있어도 기분 좋게 만드는 참 소주.
카스토리로 안부를 전하고
화이트하게 마음을 밝혀 주고
와인처럼 익어 가는 친구
그래서 막걸리네(막끌리네).

무서운 닭

지저분한 닭은? '발바닥'
오리의 아내 닭은? '닥쳐duck'
세상에서 가장 무서운 닭은? '혓바닥'

한 시간 동안 분노와 짜증을 내는 사람의 침을 모아서 조사를 했더니, 그 속에 80여 명을 죽일 수 있는 독이 있다는 사실에 충격을 받은 적이 있습니다. 그리고 총칼로 죽은 사람보다 혓바닥으로 죽은 사람이 많다는 사실입니다. 법정스님도 '세 치도 안 되는 혀가 무릇 여섯 자가 넘는 사람의 몸을 죽일 수도 살릴 수도 있다'고 했습니다.

그런데요.
초콜릿보다 달콤한, 사이다보다 시원한 것이 혓바닥이래요.

과일 이야기

포도와 귤은 야한 과일이다.
'까서 먹을까? 벗겨 먹을까?'

오렌지는 그리움의 과일이다.
'당신을 만난 지가 얼마나 오랜 지!'

사과는 겸손의 과일이다.
'당신의 마음을 아프게 했다면 사과드릴게요.'

바나나는 왕자병의 과일이다.
'당신 나한테 바나나^{반하나}?'

감은 느낌의 과일이다.
'오늘 감 잡았어!'

어느 날 과일들이 모여서 회의를 했다.
과일 중에 대장은 누구냐고….
자두스스로 自 머리 頭!

벌레 먹은 사과 파인애플이
공주병에 걸린 바나나에게 시비를 걸었다.
누가 이겼을까요?

바나나가 이겼다.
바나나킥으로 한 방에!

위기를 기회로 만드는 칭찬

골프모임에 게스트로 초청을 받아 차를 함께 타고 가는 중이었다. 할인을 받으려면 사이버회원이어야 하며, 인터넷으로 가입을 해야 한다고 했다. 동승자 중에 여성 한 분이 가입이 되지 않아 핸드폰 인터넷을 이용해 가입을 시도했는데, 홈페이지에서 넘어가지를 않아 나에게 묻는다.
"가입 신청이 여기서 넘어가지 않아요."

"아! 그건 지금 골프장 근무자가 여성인가 봐요. 그래서 예쁜 여성이 가입을 하면 이렇게 방해를 하는가 봐요. 잠시 후 남자 근무자가 오면 금방 가입될 테니 걱정 말아요."

그러자 옆자리의 남자 동승자가 자기가 해 본다면서 인터넷을 만지작거리기 시작했다. 그러나 이내 그도 포기하고 말았다. 교대근무자 남자가 출근을 한 것 같다며 도리어 건네준다.

자, 그럼 여기서 문제!

여자의 천적은 여자이다.

그럼 남자의 천적은 무엇일까?

답은 '인터넷'!

나이트에서 여자 꼬시는 법

step 1. 룸에 들어가면 가장 입구에 앉아라!

웨이터의 손에 이끌려 온 여성이 마음에 들면 바로 옆자리에 앉히고, 본인의 스타일이 아니면 '안쪽부터 앉겠습니다.' 하고 자리를 안내한다.

step 2. 언니분들하고 오셨냐고 귓속말로 물어본다!

십중팔구는 또래 친구끼리 온다. 그런데 언니분들과 함께 왔다고 물으면 '아니에요, 친구예요.'라고 한다. 그때를 놓치지 말고 놀란 표정으로 '한참은 어려 보이는데!'라고 해라. 어려 보인다는데 싫어할 여자는 없다.

step 3. 리더를 공략하라!

아무도 관심을 보이지 않는 폭탄에게 관심을 보이고 어떤 술을 좋아하냐며 친근감을 표시해라. 다된 작업도 폭탄^{리더}이 갑자기 나가자고 하면 모두 나가 버리는 수가 있으니 자상함이 있다는 것을 보여 줘라. 그리고 절대로 내 옆자리 파트너보다 이뻐 보이는 여자에게는 관심을 줄여라. 자기들도 다 안다. 누가 인기가 있는지… 질투심을 높이는 행위는 삼가라.

step 4. 오만 원권 지폐를 준비하라!

추가 맥주를 시킬 때 오만 원권을 주고 돈만큼 다 시키지는 말고 잔돈을 가져오면 '이렇게 아름다운 분을 소개시켜 줘서 감사하다'며 팁으로 날려라! 대사를 날릴 때는 타이밍이 중요하다. 웨이터가 술을 가지고 들어오면 입구 쪽을 보면서 대화가 중단된 시점에 그 대사를 날려라.

step 5. 춤의 기본 스텝은 배우고 가라!

막춤은 안 된다. 그렇다고 춤을 너무 잘 춰도 바람둥이로 오해받는다. 그냥 자연스럽게 두세 가지 스텝을 익혀서 흔들어라. 갑자기 브루스 곡으로 바뀌면 끌어안지 말고 '저에게 당신과 함께 브루스를 출 수 있는 영광을 주시겠습니까?'라며 정중히 물어봐라.

step 6. 유머 두 개 정도와 건배사는 준비해서 웃겨 줘라!

행복충전사 이상국의 『예쁜 여자가 좋아하는 유머 뻑가는 건배사』와 이 책
의 말미에 다나와 있다. 꼭 사서 봐라.

step 7. 이름을 불러 줘라!

~~성명을 했으면 가명이라 할지라도 이름을 불러 줘라. 자신의 이름을 잊고~~
~~산 지 오래다. 직함이나 '누구 엄마', '야!', '저기요'로 살아왔기 때문에 이름을~~
~~다정하게 불러 주면 자신이 존재감을 찾~~

step 8. 'SBS' Step By Step!

SBS '스스로 보석이라 생각이 들 때'를 기다려 전화번호를 물어봐라. 급
하게 타는 불은 급하게 꺼진다. 한 발짝씩 다가가자.

강하고 독한 것

강한 자가 살아남는 게 아니라 살아남은 자가 강하다.

태권도 학원을 다녀온 아이가 물었다.

"아빠, 태권도 9단과 합기도 9단이 싸우면 누가 이겨요?"

한참을 생각한 아빠 왈,

"글쎄다. 강한 놈이 이긴다."

2020년이 되면 대한민국의 기대수명은 여성은 90세가 넘고

남자는 88세로 세계에서 가장 장수 나라가 된다고 합니다.

그렇다면 여자가 남자보다 오래 사는 이유는?

'독해서….'

살아남으려면 강하고 독해야 한다.

그래요.

강한 자 중에 가장 좋은 강은 '만수무강'이고

독 중에 가장 아름다운 독은 '독도는 우리 땅'입니다.

나쁜 남자의 이별 신호

- 갑자기 효자가 된다.
- 다른 약속이 많아진다.
- 단점을 지적하기 시작한다.
- 친구 모임에 데려가지 않는다.
- 재미있는 이야기를 잘 하지 않는다.
- 돈, 친구, 부모 자랑질이 줄어든다.
- 앉아서 집에 들어가라고 하면 비싼 척한다.
- 취미에 집중한다.
- 여자도 독립해야 한다고 주장한다.
- 한 성질 하는 누나 이야기를 자주 한다.

함부로 절교하지 마세요.

여자가 한을 품으면 오뉴월에 서리가 내리고
남자가 한을 품으면 구속될 수 있습니다.

술사를 존경해요

검사 · 의사보다 더 좋아하는 '사'자가 있어요.
"난, 그게 형이라고 생각해."
"왜?"

"박사보다 더 어려운 게 도사이고
도사보다 더 높은 게 밥사이고
밥사보다 더 존경받는 게 술사입니다.
"오늘도 형이 술 사!"

삶을 윤택하게 하는 것은 전문적인 지식이 있는 박사도 좋지만
세월의 계절을 익게 만드는 밥사, 술사가 돼 보심도 좋습니다.

우정은 오래 묵은 포도주처럼 향기롭게 익어 가고
추억은 치즈의 유산균처럼 곳곳에 행복균을 퍼지게 한다.

사랑을 사는 행위

아빠를 따라 우시장에 갔는데
사람들이 소의 엉덩이를 만지는 것을 보고
"아빠, 사람들이 왜 소의 엉덩이를 만지는 거야?"
"응, 좋은 소를 사기 위해서란다."

며칠 후
"아빠, 뒷집 형이 누나를 사려고 해!"

아내에게 가끔씩 백허그^{Back Hug}를 해 주세요.
백 마디 말보다 한 번의 스킨십이
더 행복감을 줄 때가 있습니다.

남자들의 삼척

20대 센 척,
30대 잘하는 척,
40대 자는 척,
50대 아픈 척,
60대 죽은 척….
나쁜 남자는 이것을 버립니다.

아는 척을 버립니다.

파고다 공원과 탑골공원은 다르다고 우기는 사람
안중근 의사가 의사면허증이 있다고 우기는 사람
LA와 나성은 아주 다른 도시라고 우기는 사람
국회의사당에서 아직도 로봇태권브이가 나온다고 우기는 사람

있는 척을 버립니다.

명품가방을 들고서 동창회에 왔는데 마침 비가 내리고 있어요.
가슴에 안으면 명품, 머리에 쓰고 가면 짝퉁

잘난 척을 버립니다.

백설공주가 거울을 보면서
"거울아, 거울아, 이 세상에서 누가 제일 예쁘냐?"라고 물었다.
그러자 거울이 이행시로
거 : 거울아, 거울아, 이 세상에서 누가 제일 예쁘냐?
울 : 울렁거려, 그만해!

속이 타서 우물가로 달려가서는 우물에 비친 모습을 보고 물었다.

우 : 우물아, 우물아, 이 세상에서 누가 제일 예쁘냐?

물 : 물이나 떠가, 이년아!

척은 '없다'는 뜻입니다.

'부족하다'는 뜻이기도 합니다.

진짜로 있는 사람은 내색하지 않아도 빛이 납니다.

삼척을 버려야 행복도 찾아옵니다.

술술 풀린다

세상에서 가장 달콤한 술은 '입술'
아이들이 좋아하는 술은 '미술'
세상을 아름답게 하는 술은 '예술'
리더가 가지고 다니는 술은 '처세술'
상대의 마음을 얻는 술은 '유머화술'

입술은 향기가 나고
처세술은 성공을 부르며
예술은 삶을 풍요롭게 한다.

술은 선과 악의 맛이 함께 존재한다.
재료가 좋으면 좋은 일이 술술 풀리고
재료가 나쁘면 나쁜 일이 철철 넘친다.

지혜로운 자

세상에서 가장 어려운 일 두 가지는
내가 가진 지식을 남의 머리에 넣는 것이고,
남의 주머닛돈을 합법적인 방법으로
내 주머니에 들어오게 하는 것입니다.

첫 번째를 우리는 '선생님'이라 부르고
두 번째를 우리는 '사장님'이라 부릅니다.
그리고 이 두 가지를 다 잘하는 분을
우리는 마누라라 부릅니다.
선생님에게 덤비는 것은 배우기 싫다는 것이고
사장님에게 덤비는 것은 우리는 돈 벌기 싫다는 것이죠.
그리고 간 크게도 마누라에게 덤비는 것은 살기 싫다는 뜻입니다.

우리는 '마누라'라 적고 '지혜로운 자'라 부릅니다.

말 잘하는 방법

재력가인 칠순의 형님이 젊은 여인과 재혼을 했다.
그 비결을 묻자,
"내 나이가 구십이라고 했거든."

말을 잘한다는 것은
내가 하고 싶은 말이 아니라
상대가 듣고 싶어 하는 말을 하는 것입니다.

긍정의 힘

박수가 사람에게 미치는 영향

무대에 오르면 함성과 함께 열정적으로 박수를 보내는 사람이 있다. 그런 사람들의 인생에 박수가 어떤 영향을 미치는가를 연구해 보니, 다음과 같은 결과를 얻었다.

첫 번째, 박수를 열정적으로 치시는 분은 인생도 열정적으로 살아간다. 그래서 인생이 대박 날 확률이 높다.

두 번째, 박수를 치면 오장육부가 튼튼해져 장수를 하며 소리 내어 함성을 질러서 스트레스가 해소된다. 그래서 병치레 없이 건강하게 장수한다.

세 번째, 인간관계에는 부메랑의 법칙이 있다. 내가 존중받고 싶은 만큼 상대를 존중하는 것인데, 박수를 보낸다는 것은 응원과 존중의 의미가 포함되어 있다. 그래서 그런 사람은 인생을 존중받으며 산다.

마음의 평화

고등학교 때 왼쪽 허벅지를 크게 다쳐서 가끔씩 무릎에 통증이 온다. 정형
외과에서 진찰을 기다리고 있는데, 진료실에서 할아버지 한분이 언성이 높
으시다. 사건의 전말은 이렇다.

오른쪽 무릎이 좋지 않아 병원을 찾은 이 할아버지는 진찰 결과 퇴행성관절
염으로 판명이 되었다. 나이가 들면서 찾아오는, 오랫동안 사용해서 기능
이 떨어졌다는 이야기이다.

그런데 할아버지는

"내 왼쪽 다리도 같은 날 같은 시간에 태어났는데, 왼쪽은 멀쩡한데 오른쪽

며 고함을 치신다.

그래요.
감사함이 없으면 사는 동안 결코
마음의 평화는 찾아오지 않습니다.

용기

두려움에 맞서는 용기

희망이라는 김치가 익어 갑니다.

무대에 오르기 전에는
초초함과 두려움이 찾아오곤 합니다.
강연을 맛있게 만들려고 욕심을 내면
망치는 경우가 때때로 있습니다.

그래요.
강연을 맛있게 용기에 담는 방법은
그들을 사랑하는 레시피와 열정이라는 양념이 들어가야 하고
두려움을 설렘으로 맞설 줄 아는 시간이라는 여유를 즐길 줄 알아야 합니다.

유행을 찾아갈 나이, 사십대 후반

40대가 후반이 되면 유행에 둔감해질 수도 있는데, 나는 아직 그렇지 않은 것 같다. 유행의 사전적 의미는 '일상생활양식이나 행동양식이 구성원들에게 널리 퍼지는 것'이라고 하는데, 40대가 되면 유행에 따라 몸에 이상이 온다. 고혈압, 당뇨, 노안 그리고 먹고살기 힘든 시절에는 부자들만 걸린다는 통풍이 있다.

난, 그중에 부자들이 즐긴다는 통풍과 함께 생활한다. 육류나 고등어, 술은 금기 음식인데 그중에서도 고등어와 삼겹살, 맥주는 절대 먹어서는 안 되는 금기 음식이다. 그래서 술을 먹더라도 맥주를 자제하는 편이다.

오랜만에 만난 형이 폭탄주를 맛나게 만들어 준다고 하기에 통풍으로 맥주는 안 마신다고 하니, 젊은 사람이 무슨 통풍이냐며 면박을 주신다.

"형, 그건 신이 저에게 주신 장수의 선물이에요."

라고 하자,

"그게 무슨 말이야?"

"통풍이 있으니 음식과 술을 조절하게 되고 건강을 위해서 꾸준히 등산을 하고 조그마한 이상만 보여도 병원에서 바로 검진을 하니, 그게 바로 신장을 지키는 선물 아닌가요! 주위 친구분을 보면 건강을 너무 과신하다가 뇌출혈, 뇌경색, 심장마비로 운명을 달리하는 분들을 많이 봤거든요."

신은 우리에게 시련을 주고
악마는 우리에게 유혹을 준다고 합니다.
작은 시련은 나를 더욱 건강하게 만드는
비타민과 같은 역할을 하죠.

지금 조금 불편하거든
유행에 민감하다고 생각하세요.

'Star'란

Smile 상대를 편안하게 하는 미소와

Target 꿈을 향한 뚜렷한 목표를 세우고

Action 말보다는 행동으로 우선하며

Remind 별이 빛나는 것은 어둠이 있기 때문이라는 사실을 잊지 말아야 한다.

어둠이 짙을수록 꿈이라는 별은 더욱 빛나게 되지요.

좋아 보이는 것과 좋은 것

진섭이는 아내와 미술관을 찾았다. 어여쁜 여인이 은밀한 부분만 나뭇잎으로 살짝 가리고 있는 그림을 감상하고 있는데 한참 동안이나 그 그림만 쳐다보고 있자 짜증이 난 아내가 물었다.

"진섭 씨는 대체 무슨 생각을 하고 있어요?"

그러자 진섭 왈,

"어서 가을이 왔으면!"

좋아 보이는 것과 좋은 것을 분간할 줄 알아야 합니다. 정말 좋은 것은 대부분 숨어 있기 때문입니다. 마음의 눈으로 깊이, 오래 보아야 좋은 것이 보입니다.

살아온 날 중에 가장 젊은 날

대구 달서구육상연합회의 늙은 오빠 강재도 님은
94세의 나이에 밀양마라톤에 도전하시어 당당히 완주를 하셨다.
"어르신, 왜 이런 어려운 마라톤에 도전하시나요?"
그러자 강재도 님은 이렇게 말씀하셨다.
"오늘은 내가 살아온 날 중에 가장 젊은 날이거든!"

그리고 막걸리 한 잔을 시원하게 드시고는
최고령마라토너에게 주어진 시상금을
휘휘 한숨으로 내놓고는 젊음으로 발걸음을 옮기신다.

오늘은 내 인생에서 가장 젊은 날,
그리고 가장 화려한 날이기도 하고
가장 행복하기 좋은 날이기도 합니다.

모르면 물어라

여자 둘이 바나나를 사려고 과일가게를 찾았다.

한 개에 칠백 원, 세 개에 천오백 원에 세일을 하는 것이다.

천오백 원을 주고 세 개를 사자 한 친구가 화를 내며

"우리는 둘인데 세 개를 사면 어떡하니?"

그러자,

"괜찮아, 하나는 먹으면 돼!"

몰라서 묻는 것은 일시적인 창피

몰라도 묻지 않는 것은 일생의 창피.

긍정이 긍정을 맺는다

힙합에 빠진 둘째는 집에서도 통이 넓은 바지와 창이 넓은 모자를 즐겨 쓴다. 아버님이 진료하러 오셨다가 집에서 함께 식사를 하는데, 그때도 모자를 쓰고 식탁에 앉았다. 식탁에서 모자를 쓰는 것이 예의가 아니라고 믿으시는 아버님은,

"으흐. 밥 먹을 때는 모자를 벗는 게 좋은데…."

라고 하시며 나를 쳐다보셨다. 그래서

"원아, 밥 먹을 때 모자를 왜 썼어?"

그러자

"아빠는 안경을 왜 썼어요?"

도리어 묻는다.

"응, 눈이 나빠서 썼어!"

그러자 원이는 나를 바라보면서 이렇게 말했다.

"아빠. 나는 머리가 나빠서 썼어요!"

부정은 부정을 부릅니다.

"안경을 왜 썼어요?"라고 되물었을 때

"너를 더 이쁘게 보려고 썼어."라고 말했다면

원이는 어떻게 말했을까요?

긍정은 긍정의 열매를 맺습니다.

다른 생각

'내가 틀리다고 생각하는구나.'라고 생각하지 말고
'쟤는 나와 다른 생각을 가지고 있구나.'라고 존중하세요.
존중은 배려에서 출발합니다.

'고기를 먹으러 갈까요?'
'고기 잡으러 갈까요?'
여기서 위아래 고기는 같은 고기일까요?

산에서 잡아 온 것인가요?

배가 아프면 병원에 가야 하나요,
배정비소에 가야 하나요?

그래요.

그게 편해요.

잘나서 만나는 게 친구인가요,
편해서 만나는 게 친구인가요?

저는요,
다른 생각까지도 받아 주는 친구가 좋아요.

행복의 출발은 상상에서

펜싱 박상영 선수가 리우올림픽 결승전에서

14:1로 패전이 짙은 상황에서 되뇌던 말.

'할 수 있다, 할 수 있다'

그리고는 기적적인 승리로 금메달을 획득했다.

경기를 TV로 보고 있던 할아버지가

"나도 할 수 있다, 할 수 있다"라고 하자

가만히 듣고 있던 할머니가 "되면 해라!"

헬스클럽에서 몸만들기를 할 때

가장 먼저 하는 훈련이 이미지트레이닝입니다.

잘 다듬어진 자신의 몸을 상상하고

그렇게 되어 가는 과정을 만들어 가는 것입니다.

행복도 미리 상상해 보세요.

그러면 과정이 만들어집니다.

분명 그 속에는 무한 연습과 반복이 숨어 있다는 사실만 잊지 않는다면….

출세하자

대학에 갓 입학한 둘째는 게임에 빠져 산다.

지구력도 뛰어나다.

휴일에는 오후 2시까지 자고

한번 게임에 빠지면 10시간은 해낸다.

대단한 지구력이다. 뭐든 할 수 있다.

단, 지금은 나의 생각과 다른 곳에 에너지를 쏟을 뿐이다.

녀석은 태어나면서부터 출세出世를 했다.

세상에 태어난 것만으로도 충분하다.

존재한다는 것만으로도 제 몫은 하고 있는 것이다.

성공을 부르는 고기 '잡어'

전문직 종사자로 존경받는 고기는 '닥터피시'

피곤한 고기는 '쉬리'

수능고사를 쳐야 하는 고기는 '고등어'

빛이 나는 고기는 '광어'

오래 사는 고기는 '장어'

아이들이 좋아하는 고기는 '은어'

성공한 사람들이 즐겨 먹는 고기는 '잡어'

기회를 잡어. 일상을 잡어. 사랑을 잡어. 사람 마음을 잡어…

바닷물이 왜 짠 줄 아세요?

땀을 흘리기 때문이라고 합니다.

잡으려면 뛰어야 해요.

조지버나드쇼의 묘비명에도 이런 말이 있지요?

"내 우물쭈물 하다가 이럴 줄 알았다."

기회의 문이 열리지 않으면

스스로 기회의 문을 만들어 봅시다.

마음의 짐

중국은 하루가 다르게 변해 간다. 그래서 영어로 '차이나'인가 보다. 4일간의 가족 여행을 마치고 공항으로 향하는 길에 흘러나오는 가이드의 안내방송.
"한국행 바로 앞 비행기가 고객의 사정으로 무거워서 이륙이 지연되고 있다고 합니다."
뭘 실었기에 이륙을 못하냐고 물으니,
"네, 고객님의 마음이 너무 무거워 뜨지를 못하고 있답니다. 혹, 무거운 마음은 다 내려놓으시고 마음을 가볍게 하여 탑승해 주시기 바랍니다."
저희 가족을 태운 항공기는 아주 사뿐하게 이륙을 했답니다.

그래요.
세상에서 가장 무거운 것은 사람의 마음입니다.
창공을 훨훨 날아가려면 무거운 마음의 짐은 내려놓고 삽시다.

바꿀 수 있는 나와 미래

만약 지금의 배우자와 연애 시절로 돌아간다면
가장 먼저 무엇을 하시겠습니까?
부부행복학 강의 중에 질문을 했다.

"예. 연애 같은 건 하지 않겠습니다."

과거를 탓하고 불평하면
지금의 행복을 만날 수 없습니다.
조건이 아니라 사랑의 눈으로 바라보면
걸어온 시간들이 다 행복해 보일 거예요.

그래요.
바꿀 수 없는 과거와 상대를 원망하지 말고
바꿀 수 있는 미래와 나 자신을 만들어 보세요.

살아 있으면 좋겠네요

드라마 〈태양의 후예〉에서
유시진 대위가 연병장을 돌자 강 선생이 묻는다.
"뭐를 잘못해서 연병장을 도는 거죠?"
"잘못한 것 없습니다. 그냥 명령이니까 뛰는 거예요."
"그 조직 참 이상하네요."
"그냥 원칙이 살아 있는 거죠."
그러자 강 선생이 하는 말.
"저는 대위님이 살아 있으면 좋겠네요!"

그래요.
원칙도 조직도 당신이 살아 있어야 가능합니다.
인생이라는 것이 뭐 거창하게
빛나는 것이 따로 있는 것은 아닙니다.
그냥 살아 있음에 감사한 거죠.

좋아요

좋아 죽겠어요.

좋은데 죽는다?

좋아 미치겠어요.

좋은데 미친다?

내가 더 좋아하나 봐요.

누가 먼저 좋아하는 게 무슨 문제인가요?

내가 좋아하면 그만입니다.

힘내라 대한민국, 응원 메시지

귀차니즘은 성공을 도둑맞는다

한밤중에 하인이 주인 방에 들어와서는 주인을 흔들어 깨웠다.
"주인님, 도둑이 들었나 봅니다. 얼른 일어나세요."
그러자 주인은 귀찮은 듯 이불을 뒤집어쓰면서,
"가서 주인 안 계시다고 그래."

귀차니즘은 가끔씩 나의 소중한 것을 훔쳐 갑니다.
꿈을 향한 열정을 도둑맞을 수도 있고
아끼는 사랑을 도둑맞기도 하며
소중한 당신의 금괴를 잃어버릴 수도 있습니다.

툴툴 털고 일어나세요.
내 삶을 병들게 하는 '나태함과 나른함'을 털어버리고….

봄의 행복

당신이 따듯해서 봄이 왔어요.
봄에는 '보다'의 뜻이 있어요.

파릇한 그대의 희망을 봄
녹아나는 당신의 나눔을 봄
돋아나는 잎들의 사랑을 봄

싱그러운 바람에 묻어 온 행복을 봄

당신을 만나는 계절입니다.

잘 맞는다

궁합의 뜻을 해석하면 '잘 맞는다'이다.

파전에 막걸리, 떡볶이에 순대,
자장면에 단무지, 이수일과 심순애,
홀쭉이와 뚱뚱이, 갑돌이와 갑순이

한국인의 대표 음식 된장은 영양소가 풍부하지만 비타민이 부족하고 염분이 많다는 단점이 있는데, 부추는 비타민이 풍부하고 염분을 체외로 배출해 내는 최상의 청소부이다. 부추 자체만으로 비타민이 풍부하고 정력 음식으로 알려져 있지만 된장 속에 녹아들어 자기를 뽐내는 것이 아니라 파트너를 더욱 빛나게 하는 역할을 한다.

궁합이 좋다는 것은 장점을 더욱 빛나게 하는 역할을 한다.
각자의 색깔이 뚜렷한데도 조화롭게 녹아들고 받쳐 준다.
그래서 잘 맞는다고 한다.

반복의 성공

지치지 않은 반복이 원하는 것을 이룰 수 있다고 하지만, 연습은 지칠 때가 많다. 강연을 위해 대본을 작성하고 청중도 없는 빈 공간에서 수없이 반복을 한다. 심심할 때면 옷걸이를 여기저기 걸어 두고 인사를 나누면서 하기도 하고, 혼자 춤을 추거나 베란다에서 풍경을 보며 멍 때리다가 다시 정신을 차리고 연습을 하기도 한다.

옆집에서 학교를 가지 않겠다고 엄마하고 한바탕 실랑이 중이다.

"엄마, 나 학교 안 갈래. 아이들이 나를 왕따시킨다니까!"

"안 돼, 넌 꼭 가야 해. 그 학교 교장이잖아."

그래요.

타고난 재능의 차이는 그리 크지 않아요.

그러나 인내와 자기주도적인 삶은

절대적으로 자신에게 영향을 미칠 거예요.

오랜 시간 인내와 자기주도적인 반복이

결국 성공이라는 열매를 맺겠지요.

준비가 행동을 만나면

비가 좋아하는 여자는 '김태희'
비 중에 가장 무서운 비는 '낭비'
만족을 얻고자 내리는 비는 '가성비'
음식을 만들 때 필요한 비는 '냄비'
성공의 열매를 맺게 하는 비는 '준비'

준비가 행동을 만나면 튼실한 열매를 맺고
준비가 내린 후 따스한 햇살을 만나면
사랑의 무지개라는 아름다움이 만들어지네요.

이상국가

앞서가기보다 함께 가야 한다는 마음으로
조금은 '진보'했으면 하고

나 아니면 안 된다는 자만감을
조금은 '보수'했으면 합니다.

변화가 두려워
자기 성을 쌓고 문을 굳게 닫고 있는 것도
미래가 없고

준비되지 않은 채
활짝 열어젖히는 문도
미래가 불투명합니다.

조화롭게 색깔을 좀 맞추면 어떨까요?

진보는 '...쩌...고 싶었어요.'

보수는 '...석 같은 ...많은 사람들....'

그 속에 가장 이상적이고 완전한 나라

'이상국'을 만나게 됩니다.

('네이버' 검색창에 '이상국'을 쳐 보세요!)

마음의 생각

제주도로 수학여행을 다녀온 둘째 녀석에게 물었다.

"제주도 여행 좋았어?"

"응."

"어디 어디 갔다 왔어?"

"여러 군데."

"그럼, 어떤 게 제일 좋았어?"

"수학여행이요."

마음의 생각 때문에 행복해집니다.

삶은 계란이다

비둘기호를 타고 상주에서 대구에 있는 나이트를 친구들과 다닌 적이 있었다. 신나게 놀고 다음 날 새벽 다시 상주로 향하는 일정은 빡빡했다. 촌스러움이 질질 넘치니 부킹은 거의 이루어지지 않았다. 그러나 우리는 희망의 끈을 놓지 않고 토요일이면 어김없이 또 기차에 올랐다. 과연 삶은 무엇인가를 자신에게 반문하게 되었고, 그때 삶의 정체성을 알게 되었다.
역무원이 간식차를 끌면서 외치는 한마디.
"사이다 있어요, 삶은 계란 있어요."

그래요.
계란은 누군가에게 깨트려지면 프라이밖에 안 되지만
스스로 깨고 나오면 병아리가 될 수 있습니다.

기다려 주자

큰 공장에 불이 났다.
직원들은 허둥지둥 난리가 나고,
그 가운데 정신을 차린 한 직원이
"빨리 119에 전화해!"
라고 외쳤다. 경리는 그 말을 듣고
"119는 몇 번이에요?"
라고 되묻자, 그 직원이 하는 말.
"야, 인마 모르면 114에 물어봐!"

놀라고 긴장을 하게 되면
자기도 모르게 실수를 한다.
평소에 냉철하고 이성적인 사람도
교통사고 당사자가 되면

다리가 후들거리고 심장이 뛰어서
보험회사에 제대로 전화를 못 한다.

우리는 살면서 실수를 하기도 하고
겪어 보지 않은 일에 놀라기도 한다.
그럴 때는 다그치지 말고 잠시 기다려 줘야 한다.

길을 가다 넘어지면 아파서 못 일어나는 게 아니라
쪽팔려서 못 일어나는 경우도 생긴다.

마음에 불이 난 사람을 만나면 잠시 기다려 주자.
지금 사리분별이 안 돼서 그 불똥이 나에게 튈 수도 있다.

2017년 속담

가다가 아니 가면 간 만큼은 이득이다.

사촌이 땅 사면 얻어먹을 게 많다.

사공이 많으면 배가 빨리 간다.

같은 값이면 1+1^{원 플러스 원} 금강산은 못 간다.

지렁이도 밟으면 죽는다.

아프니까 환자다.

일찍 일어나는 새가 일찍 피곤하다.

변화는 조금씩 달라지는 현상입니다.

굳이 아니라고 버티지 말고 자연스럽게 몸을 맡겨요.

그래요.

탱자나무에 접붙여서 귤이 되고

고염나무에 접붙여서 감이 되는

그 이전부터 우리는 변화된 거예요.

문제투성이

수능시험을 마치고 온 원이이게 물었습니다.

"시험은 잘 봤어?"

"응, 문제는 잘 봤는데, 답은 잘 안 보여.

문제는 하나인데 답은 4개 중에서 고르라고 하잖아."

이건 좀 불공평해요.

다섯 문제를 내고 답은 하나를 내는

그런 세상이 빨리 오기를….

어차피 인생이란 문제투성이인데….

뭐 하러 답을 여러 개를 내서 헷갈리게 하는지 모르겠네요.

명쾌하게 인생의 답을 주는 그런 시대가 왔으면 합니다.

여름은 '여물다'

장석주 시인의 「대추 한 알」이라는 시에서

저게 저 혼자 둥글어질 리는 없다
저 안에 무서리 내리는 몇 밤
저 안에 땡볕 두어 달
저 안에 초승달 몇 날이 들어서서
둥글게 만드는 것일 게다

여름은 '여물다'라는 어원이 있습니다.

땡볕 두어 달 뜨거운 태양 아래
지치고 힘든 그 계절에 여물어 가는 게 인생입니다.

그 속에 가끔씩 불어 주는 바람은 희망이기도 하며
시원하고 상쾌하게 만들어 줍니다.

여름에 부는 바람에 여물어 가면 좋은 것들….

주위의 모든 분들이 대박 나게 해 주는 바람

소중한 꿈이 꼭 이루어지게 하는 바람

사랑이 넘쳐 행복하게 만들어 주는 바람

아프지 말고 건강하게 살아가게 해 주는 바람

사람 사는 세상이 되게 하는 바람

힘든 모든 일들을 시원하게 풀어 주게 하는 바람

그런 바람에

인생이 여물어 가는 여름이 되었으면 하는 바람….

섬

아저씨들이 좋아하는 섬 '외도'

도둑들이 좋아하는 섬 '절도'

연애를 시작하는 연인이 좋아하는 섬 '진도'

우리나라를 한 번에 볼 수 있는 섬 '지도'

술꾼들이 좋아하는 섬 '따라도'

슬픈 섬 '애도'

경상도 남자들이 좋아하는 섬 '함도'

황금배지가 넘치는 섬은 '여의도'

행복충전사가 드리고 싶은 섬은
'돈도 행복도 넘쳐서 졸도'

이어 주는 다리 [橋]

다리는 신체의 일부이기도 하지만,

떨어진 것을 서로 이어 주는 역할을 하기도 합니다.

인간은 살아가면서 수없이 많은 난관에 부딪히며 살아갑니다.

그때 교각을 세워서 이어 줘야 하는데,

평생을 배워야 하는 학교를 건너야 하고

도파민, 세로토닌으로 건설하는 애교라는 다리를 여행하면서

끊어진 절교는 만들지 말고

절대 건너지 말아야 할 다리는 비교라는 다리입니다.

비교라는 다리는 남과 나를 위한 것이 아니고

어제의 나와 오늘의 나를 바라볼 때 건너야 할 다리입니다.

그래요.

다리가 불편하면 인생이 불편해져요.

다리가 튼튼하면 어디든지 나아갈 수 있어요.

별을 보라

산악회를 따라가면 낮술을 먹는 경우가 종종 있다. 낮술의 장점은 먹고 자고 나면 또 그날이라 하루를 며칠씩 사용할 수 있다는 점이고, 단점은 위아래를 구분 못하는 민망스러운 경우가 발생한다는 것이다. 낮술을 먹고 밖에 나왔는데 달이 떠 있는 게 아닌가? 지나가는 등산객에게 물었다. 달을 가리키며

"저게 해인가요? 달인가요?"

그런데 등산객의 대답이 가관이다.

"저도 이 동네 사람이 아니라 잘 모르겠는데요."

사람들은 자기가 보고자 하는 것만 본다고 합니다.

누군가가 별을 가리키면 어리석은 사람 별을 안 보고 손끝만 본다고 합니다.

어지럽게 돌아간다고 정신 줄을 놓지는 마세요.

그래요.

손끝만 보지 말고 손끝을 따라

찬란히 빛나는 '별'을 만나세요.

그 속에 당신의 꿈이 빛나고 있답니다.

슬로건

HI SEOUL

COLORFUL DAEGU

풍요로운 새 광주

다이나믹 부산

HAPPY SUWON

IT'S DAEJEN

e ~푸른 성남

안성맞춤 안성

대한민국의 슬로건은

"행복한 대한민국"

이거 하나면 좋겠다.

수그려야 할 때도 있습니다

방학을 맞아 경상도 할머니 댁을 찾은 참새 남매는 동네 친구들과 전깃줄에서 놀다가 포수가 쏜 총에 맞아 죽었습니다. 포수가 참새를 조준하자 경상도 참새가,

"수구리!"

이 말을 알아듣지 못한 오빠 참새가 포수의 쏜 총에 맞았습니다. 다시 포수가 조준을 하자, 이번에는 그 경상도 참새가

"아까멘치로!"

여동생 참새도 이 말을 알아듣지 못하고 뻣뻣이 서 있다가 총에 맞았습니다. '수구리'는 경상도 방언으로 '고개를 숙이고 납작 엎드려'라는 말입니다.

그래요.

때로는 고개를 숙일 때도 있어야 진정한 용기이고

어려울 때 납작 엎드리는 것도 자신을 위한 용기입니다.

아리송한 인생

꽃은 시드는 게 아니라
다시 피기 위하여 잠시 떨어지는 것이다.

– 마누라가 온갖 정성을 다해 눈 화장을 하고 선글라스를 쓰는 이유는 뭘까?
– 화장실에 '낙서 금지'라고 쓰여 있는 것은 낙서일까? 아닐까?
– 계란이 먼저일까? 닭이 먼저일까?
– 남자들이 뜨거운 탕에 들어가면서 하는 말, '아, 시원하다'는 무슨 뜻일까?

아리송한 게 인생이다.

건배사의 유형에는 사자성어, 명언, 3행시, 성대모사, 스토리텔링 등이 있다.
그 가운데 스토리텔링을 이용한 건배사가 자신을 알리는 기회의 대상이다.
4장에서는 실전에서 유용하게 활용할 수 있는 64가지 건배사를 직접 옮겨 적었다.
장소나 상황, 기회에 맞게 잘 활용하여 멋진 리더로 거듭나길 바란다.

4. 멋진 리더로 거듭나기!

건배사 유행의 흐름

건배사는 두려움의 대상이 아니라 기회의 대상이다. 건배사는 시대의 흐름에 따라 변천해 왔다. 1970년대 성장을 주도하는 시대에는 '함께', '으쌰으쌰', '우리가 남이가?'를 외쳐 왔다. 그렇다면 1970년대 1세대를 시작으로 하여 현재에 이르기까지 건배사의 역사를 되짚어 보며, 유행의 흐름을 알아보자.

– '위하여', '우리는 하나' / 1960~70년대 협동 공생 강조

1960~70년대 경제 개발 시절에는 '위하여'나 '함께! (가자!)' 등을 외쳤다. 주로 협동과 공생을 강조하는 말이었다. 당시의 건배 문화는 대표나 임원 등이 건배사를 제의하고 함께 외치는 형태였다.

여러분들 중 자주 쓰시는 '위하여'의 뜻이 뭔 줄 아시는 분? '위하여'란, 위에 있는 꿈과 희망을 담고 하에, 즉 밑에 떨어져 있는 자존감과 슬픔도 함께 담아서 경상도 사투리 '여어~'담자'라는뜻' 두자는 의미이다. 위에 있는 꿈과 희망 혹 아래에 떨어져 있는 슬픔과 자존감 모두를 이 잔에 담아서 여어 두자, 즉 담자는 의미이다. 그래서 성공, 건강, 행복을 함께 만들어 보자는 재창조 의미이기도 하다.

2. 2세대

– '사우나', '지화자', 삼행시나 언어유희 / 1990년대 이후 등장

시대가 흐르며 건배사는 '줄임말'과 '삼행시' 형태로 변했다. 건배사 문화가 바뀌기 시작한 것은 'X세대'와 'Y세대'가 등장한 1990년대부터다. 사랑과 우정을 나누자는 뜻을 담은 '사우나', 지금부터 화합하자는 '지화자' 등이 대표적이다. 그 외에도 '소화제', 즉 '소통과 화합이 제일이다'는 건배사도 있었다.

3. 3세대

– '부자 되세요' / IMF 이후 불황 등 시대상 극복

IMF 이후 널리 쓰였던 건배사는 모 카드회사 광고에서 나왔던 '부자 되세요'란 말이었다. 이처럼 불황과 시대상을 극복하자는 건배사가 큰 인기를 끌었다. '부자 되세요' 외에도 '대박 나세요'도 유행이었다.

4. 최근

– 유명인을 활용한 건배사, 직업의 특성을 살린 건배사

최근에는 유명인을 활용한 건배사가 인기다. '오랫동안 바라보며 마주하자', '오래 바라는 대로 마음먹은 대로', '오! 바라만 보아도 좋은 마이 프렌드' 등의 의미로 '오바마'를 외치고, 인기 걸그룹의 이름을 딴 '소녀시대_{어려운 시절 그만 다 보자}'와 '원더걸스_{원하는 만큼만, 더도 말고, 걸맞게, 스스로 마시자}' 등도 인기였다.

건배사에 직업이 담기는 경우도 있다. 증권가 직장인들은 '상한가_{상심 말고, 한탄 말고, 가슴 펴자}', 정부 고위공무원 사이에서는 '남행열차_{남다른 행동과 열정으로 차기 정권에서 살아남자}'라는 구호가 대표적이다. 또 민원공무원 사이에서는 '무한도전_{무조건 도와주고 한없이 도와주고 도와달라고 하기 전에 도와주고 전화하기 전에 도와주자}'이 대표적이다.

64가지 실전 건배사

1. 여러분은 푸른 신호등

모임에 참석하기 위해 일찍 서둘러 출발했는데, 사거리마다 빨간불이 들어와서 약속시간에 거우 맞춰서 왔네요. '왜 이리 내 인생에 빨간불이 들어오는 거지?' 하고 푸념했었는데, 여러분을 딱 보니 내 생각이 잘못이었다는 것을 느꼈습니다. 여러분은 제 성공의 파란불이라는 사실! 여러분은 제 인생의 파란불입니다.

선창 : 여러분은 제 인생의
후창 : 파란불!

2. 노래방에서 건배사

술잔을 높이 들어라 '건배'

웃음을 던지면서 술잔을 부딪치며 '찬찬찬'

천만 번 더 들어도 기분 좋은 말 '사랑해'

3. 무지개

소나기가 퍼붓고 난 후 무지개를 만나는 행운을 만난 날입니다. 소나기는 '소소함은 털고 나중일은 잊고 기분 좋게 오늘을 즐기자'의 약자이고요. 무지개는 '꾸임하게 만나서, 지접도록 사랑하고, 개운하게 행복하자'라고 합니다.

선창 : 소나기를 지나
후창 : 무지개를 만나자!

4. 마음을 잡자

토끼를 잡을 때는 귀를 잡고

닭을 잡을 때는 날개를,

사람을 잡을 때는 마음을 잡으라고 합니다.

여러분의 마음을 꼬~옥 잡고 싶네요.

선창 : 마음을

후창 : 잡자!

5. 늦더라도 맞춰서 가자

바쁜 출근 시간에 와이셔츠 단추를 한 구멍씩 밀려서 마지막 단추를 끼울 자리가 없어졌어요. 어떻게 할 도리가 없이 다시 단추를 풀고 처음부터 다시 끼우자 딱 맞더라고요. 다시 끼우는 방법이 유일한 방법이었어요. 그래야 남는 단추도 단춧구멍도 제 위치를 찾더라고요. 처음부터 하는 방법은 늦게 가는 게 아니라 옳게 가는 방법입니다. 늦더라도 맞춰서 가자!

선창 : 늦더라도
후창 : 맞춰서 가자!

6. 천천히 오래가자

산을 오르다 보면 깔딱고개를 만날 때가 있습니다. 가파른 언덕을 만난다는 것이지요. 급하게 오르다 보면 급하게 포기하고 마는 게 깔딱고개입니다. 깔딱고개는 천천히 쉬엄쉬엄 올라가야 산의 정성까지 오를 수 있습니다. 천천히 가는 것은 오래가자는 마음입니다. 오늘 함께하시는 분들도 천천히 오래가기를 바랍니다.

선창 : 천천히
후창 : 오래가자!

7. 만나자 오아시스

사막에서 포기하지 않는 것은 어디엔가 분명히 오아시스가 있다는 희망이 있기 때문입니다. 지금 현실이 힘들고 막막하다고 한지라도 오아시스가 있다는 희망을 버리지 않고 앞으로 나아가나면 분명히 희망의 샘, 오아시스를 만날 수 있습니다. 그곳을 향해서 주저앉지 말고 찾아가요. 만나자, 오아시스!

선창 : 만나자
후창 : 오아시스

8. 사랑에 빠졌어요

사랑할 땐 모든 것이 좋게 보입니다. 모든 것이 좋아 보인다면 그것은 사랑에 빠진 것이라는 증거입니다. 나는 지금 사랑에 빠진 것 같습니다. 사랑에 빠졌어요, 저도요!

선창 : 사랑에 빠졌어요.
후창 : 저도요!

9. 목표를 행동하면 현실이 된다

꿈에 날짜를 적으면 목표가 되고, 그것을 잘게 나누면 계획이 되고, 그 계획을 실행하면 꿈은 현실이 됩니다. 꿈을 이룬 자는 행동으로 나아가고, 꿈을 꾸기만 하는 자는 생각만 앞으로 나아간다고 합니다. 행동은 바로 현실이 됩니다.

선창 : 목표를 행동하면
후창 : 현실이 된다.

10. 노력은 성공을 향한 길목이다

노력한다고 모두가 성공할 수는 없습니다. 그러나 성공한 사람은 모두가 노력한다는 것입니다. 강물은 강을 버려야 바다를 만나고, 꽃은 떨어져야 열매를 맺는다는 이치겠지요. 노력은 성공을 향한 길목입니다.

선창 : 노력은 성공을 향한
후창 : 길목이다.

11. 당신은 최고다

말은 '마~알'이라는 뜻이지요. 마음의 알갱이, 즉 '씨앗'으로 싹이 튼다는 뜻이기도 합니다. 긍정의 말은 긍정의 열매를 맺고, 부정의 말은 부정의 열매를 맺습니다. '최고야'라는 씨앗은 최고의 열매를 맺습니다. 상대를 향해서 열정의 씨앗 '최고야'를 심어 보겠습니다. 당신은 최고다!

선창 : 당신은
후창 : 최고다!

12. 여러분이 희망이다

행복의 조건에는 사랑하는 사람이 있고, 좋아하는 일도 있고, 희망을 행동으로 옮기는 에너지도 있습니다. 희망을 행동으로 옮기는 데 필요한 친구가 있는데, 바로 '여러분'입니다. 여러분, 함께해 주실 수 있겠습니까? 여러분이 희망이다!

선창 : 여러분이
후창 : 희망이다.

13. 걸림돌을 디딤돌로 만들자

제주도 올레길을 걷다 보면 많은 돌을 만나게 됩니다. 어떤 이는 그 돌을 '걸림돌'이라 하고, 또 어떤 이는 그 돌을 '디딤돌' 삼기도 합니다. 걸림돌을 디딤돌로 만들기 위해서는 돌을 만나야 합니다. 우리에게 주어진 걸림돌이 있다면 여러분과 함께 디딤돌로 만들어 봅시다.

선창 : 걸림돌을 디딤돌로
후창 : 만들자!

14. 인생은 마라톤, 속도를 맞추자

하프마라톤에 도전한 적이 있습니다. 흔히들 마라톤은 '자기와의 싸움'이라고 하는데, 페이스 조절이 완주를 하게 만드는 것 같습니다. 자신의 속도에 맞추어 뛰다 보면 완주의 기쁨을 만나게 되는데, 욕심이 과하면 중도에 지쳐 버리는 경우가 많습니다. 천천히 쉬지 않고 뛰다 보면 결승점에서 함께 웃을 수 있습니다. 여러분과 저는 마라톤을 함께하는 동료입니다. 동료의 속도에 맞춰서 인생의 마라톤을 함께하였으면 합니다.

선창 : 인생은 마라톤

15. 쉬어 갑시다, 내 마음에

사람들은 창가에 화분을 놓는 이유는 마음에 숲이 있어서라고 합니다. 창가

를 통해 들어오는 햇살과 산들바람에 마음을 푸르게 만들기 위해서이지요.

그 숲에 당신의 지친 마음도 쉬어 가게 하기 위함입니다. 제 마음의 창에 화

분을 놓을 테니, 지친 여러분의 마음도 쉬어 갔으면 합니다.

선창 : 쉬어 갑시다
후창 : 내 마음에

16. 좋은 추억을 만들어 든든한 미래를 만들자

신이 우리에게 기억력을 주신 이유는 어려움을 만났을 때 좋은 것을 기억함으로써 그 어려움을 이겨 내라는 뜻이라고 합니다. 오늘 이 자리는 혹여나 제게 어려움이 닥쳤을 때를 대비하여 좋은 추억을 만들라는 의미이기도 합니다. 좋은 자리는 좋은 추억을 만듭니다.

선창 : 좋은 추억을 만들어
후창 : 든든한 미래를 만들자!

17. 장점을 보는 당신이 장점이다

내가 당신을 사랑하는 것은 까닭이 없어서가 아닙니다.

남들은 나의 미소만을 사랑하지만

당신은 나의 눈물마저도 사랑하기 때문입니다.

－ 만해 한용운 시인

사랑하는 사람의 흠이나 단점이 보이지 않는 것은 그것마저도 사랑의 일부분이기 때문입니다. 마음에 드는 사람에게 윙크를 보내는 까닭은 감은 두 눈에는 단점을 감아 주고, 뜨고 있는 한 눈으로 크게 장점을 보라는 것입니다. 장점을 보는 당신이 장점이다!

선창 : 장점을 보는 당신이
후창 : 장점이다!

18. 당신의 마음에 들갑니다

당신의 마음속에 들어가는 길은 알았는데 나오는 길은 찾을 수가 없어요.
혹여 당신을 불편하게 할지라도 용서해 주세요. 그냥 잘 놀고 있을게요. 허
락 없이 들어와서 미안해요. 어쩌겠어요. 여기 이 자리에 모인 여러분의 마
음에 들어와 버렸는데요.

선창 : 당신의 마음에
후창 : 들갑니다(경상도 방언 '들어갑니다').

19. 함께 꾸는 꿈은 현실이 된다

자면서 꾸는 꿈은 몽상이지만, 눈을 뜨고 꾸는 꿈은 목표가 됩니다. 더군다나 함께 꾸는 꿈은 계획이 되고, 그 계획을 실행하면 꿈은 현실이 된다고 합니다. 여러분과 꾸는 꿈이 현실이 된다고 하니, 벌써 제 심장은 뜨겁게 뛰고 있습니다. 함께 꾸는 꿈이 현실이 된다!

선창 : 함께 꾸는 꿈은
후창 : 현실이 된다!

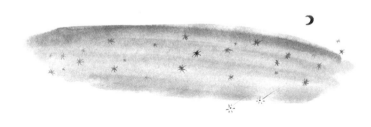

20. 허기와 마음을 모두 채우자

주거니 받거니 허물을 깨트리는 것이 술이요, 그 허물에 담기는 것이 우정입니다. 허기를 채우는 것은 술이요, 마음을 채우는 것은 우정이라 했는데, 오늘 이 자리는 허기와 마음을 모두 채울 수 있을 것 같습니다.

선창 : 허기와 마음을 모두
후창 : 채우자!

21. 주전자

곡식은 농사의 발자국 소리에 자란다고 합니다. 우리도 주저하지 말고 자주 전화해서 만납시다. 막걸리를 담는 주전자가 찌그러 들어도 좋은 것은 그 속에 마음의 발자국이 많이 다녀갔다는 뜻입니다. '주저하지 말고 자주 전화하자'는 주전자로 건배를 하겠습니다.

선창 : 주저하지 말고 자주 전화하자
후창 : 주전자!

22. 오랫동안 멀리 가자

홀로 아름답기보다 함께 기대어 사는 소박함이 있다고 합니다. 아프리카 속
담에 혼자 가면 빨리 가지만, 함께 가면 멀리 간다고 합니다. 여기 모인 여
러분들과 소박하지만 오랫동안 멀리 가기를 희망합니다.

선창 : 오랫동안 멀리
후창 : 가자!

23. 매일 좋은 날

길을 가던 나그네가 목동에게 물었습니다. "오늘 날씨가 어떠냐?"고…. 하늘도 쳐다보시 않고 목동은 말했습니다. "예 좋습니다."

나그네가 따져 물었습니다. "하늘도 보지 않고 날씨가 좋을지를 어떻게 아시냐?"고….

목동이 말했습니다. "내가 가진 것을 좋다고 생각하면 닥쳐올 미래가 두렵지 않습니다." 오늘은 바로 그런 날입니다. Everyday Good day!

선창 : 'Everyday'
후창 : 'Good day'

24. 덕분에 아름답습니다

세상의 모든 꽃과 잎은 더 아름답게 피지 않았다고 안달하지 않습니다. 자기 이름으로 피어난 거기까지가 더없이 아름답습니다. 여러분이 각자의 아름다움을 가지고 있어 저도 덕분에 묻혀 가는 것 같습니다. 덕분에 아름답습니다.

선창 : 덕분에
후창 : 아름답습니다.

25. 무거운 건 행복이다

등산을 할 때 무거운 배낭을 지고 올라가기는 힘듭니다. 하지만 정상에 오르면 그 배낭에는 허기를 채워 줄 음식과 목마름을 해소하는 시원한 물이 들어 있습니다. 어깨를 짓누르는 짐이 무거운 것은 정상이 얼마 남지 않았다는 것입니다. 무게를 이겨야 행복도 얻을 수 있습니다.

선창 : 무거운 건
후창 : 행복이다!

26. 사공이 많으면 배가 빨리 간다

우리는 잘 모르는 사이지만, 서로 돕고 살 수는 있습니다. 자기가 맡은 일을 열심히 하는 것이 바로 누군가를 돕는 일이 된다고 합니다. 속담 중에 '사공이 많으면 배가 산으로 간다'고 했는데, 21세기에는 이렇게 변했습니다. '사공이 많으면 배가 빨리 간다.'

선창 : 사공이 많으면 배가
후창 : 빨리 간다.

27. 여기에서 시작이다

새해 첫날에 해돋이를 보러 어둡고 먼 길을 찾아가는 것은 새롭게 시작하기 위함입니다. 출발은 숫자의 개념보다는 마음의 개념이 중요합니다. 여기에서 새로 시작한다면 어둡고 먼 길에서도 밝은 태양을 만날 수 있습니다.

선창 : 여기에서
후창 : 시작이다!

28. 역경의 과정을 즐기자

씨를 뿌리면 열매를 맺습니다. 하지만 생각의 씨로 인생의 열매를 바로 거둘 수는 없습니다. 씨와 열매 사이에는 반드시 겪어야 하는 과정이 있습니다. 그것을 우리는 '경력'이라고 하는데, 이 단어를 뒤집어 보면 '역력경'이 되더라고요. 좋은 열매를 맺기 위해서는 반드시 역경의 과정을 거쳐야 합니다.

선창 : 역경을
후창 : 즐기자!

29. 소취하 당취평

술의 알코올에 취하면 머리가 아프고, 사람의 향기에 취하면 마음이 맑아집니다. 소주에 취하면 하루가 즐거운 '소취하', 당신에 취하면 평생이 행복하다는 '당취평'입니다. 오늘 여러분의 아름다운 향기가 퍼져 풍요로움이 넘쳐흐릅니다. 그 향기에 흠뻑 취하고 싶은 밤입니다.

선창 : 소취하
후창 : 당취평!

30. 관포지교

중국 춘추전국시대에 관문과 포숙아의 사귐이 매우 친밀했다는 고사성어입니다. 저는 관포지교를 이렇게 해석하고 싶습니다. 관계는 청포도처럼 싱그럽고 상큼하게, 지식은 서로 교류하는 '관포지교'!

선창 : 관계는 청포도처럼, 지식은 교류하는
후창 : 관포지교!

31. 일취월장

'나날이, 다달이 발전해 간다'는 뜻을 일취월장이라고 하는데, 저는 이렇게
해석해 봅니다. 일자리 창출하여 취업시키고 월급타서 장가 시집보내자!

선창 : 일취
후창 : 월장

32. 사필귀정

'사필귀정'은 모든 것은 반드시 바른 길로 돌아간다는 뜻입니다. 사람에게 필요한 건 귀중한 당신이며 정말 사랑스럽습니다. 사람보다 더 귀중한 것은 없습니다.

선창 : 사필
후창 : 귀정

33. 유지경성

'유지경성'이란, '이루고자 뜻이 있는 사람은 반드시 성공한다'는 뜻입니다. 말은 태어나면 제주도로 보내고 사람은 경성^{서울}으로 보내라 했습니다. 경성으로 보내서 당신의 꿈을 유지하면 성공도 유지한다는 뜻이지요. 유지합시다, 꿈을! 경성에서….

선창 : 유지합시다, 꿈을!
후창 : 경성에서….

34. 배우는 배우라고 배우다

최고의 배우는 늘 배우는 자세로 살아간다고 합니다. 한 작품을 만들기 위한 꾸준한 연습과 반복만이 최고의 위치에 이르게 합니다. 셋이 모이면 그중에 한 명은 분명히 스승이 있습니다. 오늘 이 자리에 많은 분들 덕분에 배울 수 있어 감사드립니다. 늘 배우는 자세로 최고의 배우가 되겠습니다. 여러분과 저는 인생의 드라마에서 주인공인 배우입니다.

선창 : 배우는 배운다고
후창 : 배우다!

35. 빛은 내 안에 있다

반딧불이는 폭풍 속에서도 빛을 잃지 않습니다. 빛이 자기 안에 있기 때문입니다. 그 빛으로 이 자리가 반짝반짝 빛나고 있는 것 같습니다. 그 열정의 빛에 에너지가 충전되고 있고, 내 안의 빛을 만들기에 충분합니다.

선창 : 빛은 내 안에
후창 : 있다.

36. 먹구름은 단비이다

어느 구름에서 비가 올지 모릅니다. 인디언 부족은 비가 오지 않을 때 기우제를 지내면 꼭 비가 온다고 합니다. 왜냐하면 비가 올 때 까지 기우제를 지내기 때문이지요. 짙은 먹구름은 그렇게 단비가 온다는 뜻입니다. 짙게 드리워진 구름은 새 생명의 단비를 내려 줍니다. 지금 짙고 어두운 시간을 보낸다면 곧 단비가 온다는 뜻이겠지요.

선창 : 먹구름은
후창 : 단비다!

37. 아프지 않게 통통통

동의보감에 '통이면 불통이요, 불통이면 통'이라 했습니다. 통하면 아프지
않고 통하지 않으면 통증이 온다는 뜻이지요. 아프지 않게 '통통통' 했으면
합니다. 온수대통, 만사형통, 의사소통!

선창 : 아프지 않게
후창 : 통통통!

38. 미소는 마술이다

귀가 깨끗한 자는 인생이 깨끗하고, 입이 깨끗한 자는 인품이 깨끗하고, 눈이 깨끗한 자는 인성이 깨끗하고, 코가 깨끗한 자는 인물이 깨끗하다고 합니다. 함께 모여 있는 곳을 '얼굴'이라고 하는데, 얼굴은 '얼이 들어 있는 굴'이라는 뜻이라고 합니다. 이것을 한 방에 깨끗하게 하는 방법은 바로 미소입니다. 미소는 상대를 깨끗하게 만드는 마술이다!

선창 : 미소는
후창 : 마술이다!

39. 웃음은 장수한다

아이는 하루에 50번 웃고, 40대 이상 성인은 하루에 5번도 웃지 않는다고 합니다. 그래서 의학적으로 웃으면 장수한다는 보고서가 있습니다. 아이들이 어른들보다 오래 산다는 이야기이지요.

선창 : 웃음은
후창 : 장수한다!

40. 가면이 없어도 재미있게

〈복면가왕〉이라는 프로에 나오면 경연에서 지고도 행복하게 웃는데, 가면으로 인해 마음 놓고 노래하는 순간을 즐겼기 때문이라고 합니다. 얼굴을 가린 것만으로 마음껏 행동할 수 있다는 것, 우리가 가짜 얼굴을 만들고 살고 있다는 증거입니다. 겉모습도 예쁘지만 그 속에 있는 당신도 신나게 놀 수 있는 모임이 되었으면 합니다.

선창 : 가면이 없어도
후창 : 재미있게!

41. 빈병으로 분리수거

에티오피아 속담에 '병을 숨기는 자에게는 약이 없다'라고 합니다. '병은 널리 알려야 치료된다'는 뜻이지요. 혹시, 마음이 병들고 힘드신 분 있으시면 널리 알려 주세요. 빈병에 그 병을 가득 채워 분리수거해 드리겠습니다.

선창 : 빈병으로
후창 : 분리수거!

42. 장미꽃은 내 손에 있다

중국 속담에 '장미꽃을 사서 선물하는 사람의 손에는 언제나 향기가 난다'고 합니다. 저는 오늘 손을 씻지 않을 생각입니다. 여러분이 바로 장미꽃이니 저의 손에서 향기가 나거든요.

선창 : 장미꽃이 내 손에
후창 : 있다!

43. 오래된 친구가 사랑스럽다

러시아 속담에 '옛 친구 하나가 새 친구 둘보다 낫다'라는 말과 나태주 시인
의 '자세히 보아야 예쁘다 오래 보아야 사랑스럽다'는 말과 같이 오래 본다
는 것은 사랑이 스며들었다는 것이겠지요.

선창 : 오래된 친구가
후창 : 사랑스럽다!

44. 인생의 마디가 강하게 만든다

폭풍우에 대나무가 쓰러지지 않는 것은 마디가 있어서라고 합니다. 마디마디마다 사연이 가득 들어 있는 게 우리네 인생입니다. 그곳에 기쁨과 환희 그리고 슬픔과 눈물도 들어 있고, 그런 마디가 모여서 강한 비바람에도 쓰러지지 않습니다. 한마디 한마디가 우리를 강하게 만들어 줍니다.

선창 : 인생의 마디가 강하게
후창 : 만든다!

45. 나마스떼

히말라야를 오르는 세르파들은 '나마스떼'라는 인사를 합니다. '나의 영혼이 당신에게 깃든 신성한 영혼에게 숭배드립니다'라는 말이라고 합니다. 오늘 나에게 있는 영혼이 당신의 신성한 영혼에게 숭배드리는 존경의 자리입니다.

선창 : 당신의 신성한 영혼에 인사드립니다.
후창 : 나마스떼!

46. 즐겁게 사는 인생은 축제다

즐겁게 사는 인생은 '축제', 억지로 사는 인생은 '숙제', 미루고 사는 인생은 '언제'. 언제나 숙제로 살겠습니까? 아니면 인생을 축제로 살겠습니까?

선창 : 즐겁게 사는 인생은
후창 : 축제다!

47. 꿈에 빠지자

비에 흠뻑 젖고 나면 비가 두렵지 않고, 꿈에 흠뻑 젖은 자는 실패를 두려워하지 않는다고 합니다. '젖는다'에는 '빠진다'라는 의미도 함께 있다고 하니, 오늘은 술에 젖고 꿈에 빠져 봅시다.

선창 : 꿈에
후창 : 빠지자!

48. 옷깃만 스쳐도 인연이다

피천득의 「인연」이라는 글귀에 '어리석은 자는 인연을 만나도 인연인지 모르고, 보통 사람은 인연을 그냥 흘려보내고, 현명한 자는 옷깃만 스쳐도 인연으로 만든다'고 합니다. 보통 사람으로 만났지만 이제는 현명하게 살아가겠습니다.

선창 : 옷깃만 스쳐도
후창 : 인연이다!

49. 여러분은 로또다

한 사람이 온다는 건 어마어마한 일입니다. 한 사람의 과거, 현재, 미래가 함께하는 역사가 오기 때문입니다. 더군다나 70억 인구 중에서 이 자리에 함께한다는 건 로또에 당첨될 확률보다 어렵다고 말있습니다. 여러분은 저에게 로또보다 더한 행운이 온 것 같습니다. 여러분은 제게 로또입니다.

선창 : 여러분은
후창 : 로또다!

50. 오늘은 선물이다

걱정해서 될 일이면 걱정할 이유가 없고, 걱정해도 안 될 일이면 걱정할 필요가 없습니다. 과거는 어제라는 서랍에 고이 넣어두고, 오늘이라는 선물은 빛나게 받자고요. 좋았으면 추억이고, 나빴다면 경험이라고 생각합시다. 내일은 당신을 향한 최고의 선물이 오고 있는 중이니까요.

선창 : 오늘은
후창 : 선물이다!

51. 여럿이 함께해서 행복하다

여행이란 '여럿이 함께해서 행복하다'라는 줄임말입니다. 다리가 떨릴 때 가는 것이 아니라 가슴이 떨릴 때 가는 게 여행이라고 하는데, 저는 이 자리에 올 때마다 가슴이 떨리니 아마도 멋진 여행을 함께하고 있는 게 분명합니다. 행복한 여행, 오랫동안 함께했으면 합니다.

선창 : 여럿이 함께해서
후창 : 행복하다!

52. 늘 갈망하고 늘 우직함을 함께

스티브 잡스의 스탠포드대학 졸업식 축사에서 "Stay hungry, Stay foolish", "늘 갈망하라, 늘 우직하라"고 했습니다. 부족함을 알기에 늘 갈망하고 나태함이 유혹하기에 늘 한결같이 나아가고자 합니다. 여러분이 응원군이 되어 주시고 손잡고 함께하기를 바라겠습니다.

선창 : Stay hungry, Stay foolish
후창 : Together!

53. 별은 내 가슴에

독일 속담에 '돈의 맛을 알면 별의 아름다움을 만날 수 없다'고 합니다. 공해가 많은 곳에서는 별을 만날 수 없고, 땅만 쳐다보는 곳에서는 별똥별의 노래를 들을 수 없습니다. 때로는 어둠 속에 빛나는 별을 보고 별똥별의 노래도 들었으면 합니다.

선창 : 별은
후창 : 내 가슴에!

54. 당신의 색깔은 아름답습니다

더운 여름 동안에도 삼천 리 금수강산을 붉게 꽃피운다 해서 '붉을 홍紅'자를
써서 백일홍이라고 하는데, 얼마 전 친구네 집 뜰에 핀 백일홍은 흰색도 자주
색도 노란색도 꽃피웠습니다. 제가 궁금해서 친구 어머니에게 물었습니다.

"백일홍의 색깔이 다 붉지가 않네요?"

그러니까 어머님이 말씀하시기를

"내 속으로 낳은 자식도 다 같지가 않은데 어찌 꽃 색깔이 다르다 탓하겠
냐?"고…. 그냥 있는 그대로를 받아들이는 게 존중이라고 하셨어요.

선창 : 당신의 색깔은

후창 : 아름답습니다!

55. 관심은 행복이다

유튜브에 나온 제 강연을 보고 댓글이 달렸는데 'XX'가 들어간 댓글이 달렸
더라고요. 그래서 제가 바로 밑에다 답글을 달았습니다. '처음으로 저에게
관심을 주셔서 감사합니다.'라고…
그러자 댓글이 바로 올라오더라고요. '욕을 해서 죄송합니다.'
하나님도 안티가 있는데 어찌 저에게 안티가 없을 거라 단정하십니까? 사랑
의 반대말은 미움이 아니라 무관심이라고 합니다. 우리는 모두에게 관심을
가진 분들이니 이 얼마나 행복한 일입니까?

선창 : 관심은
후창 : 행복이다!

56. 우문현답

우리의 문제는 현장에 답이 있다고 했는데, 광화문의 그런 현장을 보고도
답을 찾지 못한 이유는? '우리가 문제!'라는 현재를 직시하지 못하는 답답한
심정입니다. 우문현답. '우리끼리는 문제를 만들지 말고 현명하게 정답을
인정합시다!'

선창 : 인정할 건
후창 : 인정하자!

57. 낄끼빠빠

낄끼빠빠 '낄 때 끼고 빠질 때 빠지자'. 입으로 망한 사람은 있어도, 귀로 망한 사람은 없다고들 합니다. '낄끼빠빠'를 제일 잘하는 사람은 귀는 끼고 입은 빠진 사람들이라고 합니다. 듣고 반응하고, 듣고 끄덕이고, 듣고 맞장구치는 낄끼빠빠.

선창 : 성공하는 사람은
후창 : 낄끼빠빠!

58. 미남 미인은 바로 나다

"미남이십니다."라는 소리를 들으면 왠지 기분이 좋습니다. 화답으로 "그쪽도 굉장히 미인이십니다."라고 해 줍니다. 우리는 서로가 압니다. 잘생겼다는 소리가 아니라는 사실을…. 거울이라는 발명품이 생긴 이후로는 확인하는 데 그리 많은 시간이 걸리지 않습니다. 미남이라는 소리는 '미친 남자'라는 소리이고, 미인이라는 소리는 '미소가 아름다운 인간'이라는 뜻입니다. 꿈에 미치고 미소가 아름다운 여러분과 함께해서 영광입니다.

선창 : 미남, 미인은

59. 후회 없이 사랑합니다

〈걱정 말아요 그대〉라는 노래에 '지나간 것은 지나간 대로 그런 의미가 있
죠. 떠난 이에게 노래하세요. 후회 없이 사랑했노라 말해요.'라는 노랫말이
있습니다. 사랑은 받는 것보다 줄 때가 더 행복합니다. 시간이 지난 후에
후회라는 단어를 줄이려면 아낌없이 지금 주세요.

선창 : 후회 없이
후창 : 사랑합니다.

60. 존중받아 마땅하다

「약해지지 마」라는 시 구절에 '힘들고 어려운 일 많았지만 살아 있어서 행복했어'라고 했습니다. 그냥 존재하는 것만으로도 마땅히 존중받고 마땅히 행복해도 좋습니다. 힘들다고 한숨짓지 마세요. 햇살과 산들바람은 한쪽 편만 들지는 않는다고요. 존재하는 것만으로도 존중받아 마땅합니다.

선창 : 존중받아
후창 : 마땅하다!

61. 당신이 최고야

열 명의 내 편보다 한 명의 적이 나를 해롭게 할 수 있습니다. 적을 쉽게 만드는 방법은 상대보다 내가 우월하다고 떠들고 다니면 되고, 내 편을 만드는 방법은 상대가 우월할 수 있도록 도와주면 됩니다. 적이 없는 사람은 어디를 가나 환영받고 인정받습니다. 옆의 동료, 친구에게 응원의 메시지를 보태 줍시다. '당신이 최고야'라고….

선창 : 당신이
후창 : 최고야!

62. 숨어 있는 아름다움을 발견하자

벚꽃은 화려하고, 동백은 당당하며, 개나리는 활짝 웃습니다. 어느 꽃 하나 예쁘지 않은 꽃은 없습니다. 그러다 우연히 다소곳이 고개 숙인 할미꽃을 보게 되었습니다. 찬찬히 쳐다보니 꽃 주위에 뽀송뽀송 솜털이 흩날리고 있더라고요. 화려하지도, 당당하게 표현하지도 않지만 제멋의 아름다움을 갖고 있는데, 그것을 발견한 제 눈에게 감사했습니다. 오늘 이 자리에도 다소곳이 자기의 아름다움을 표현하는 분들이 있는데, 우리 모두 발견해 보자고요.

선창 : 숨어 있는 아름다움을

후창 : 발견하자!

63. 술

술 중에 가장 맛있는 술은 '입술', 마음을 적시는 술은 '화술', 리더가 즐겨 찾는 술은 '처세술', 축구 감독들이 마시는 술은 '용병술', 버리기도 아까운 술은 '진술', 화가들이 마시는 술은 '미술', 술은 인생입니다.

선창 : 술은
후창 : 인생이다!

64. 꿈의 돛을 펴고 바람을 이루자

배를 움직이는 것은 높이 솟은 돛이 아니라, 보이지 않는 바람이라고 합니다. 바람, 햇살, 물, 나무…. 너무나 당연한 것들 가운데 우리에게 없어서는 안 되는 정말 소중한 것들이 많아요. 바람이 배의 목적지에 이르게 하듯 우리의 작은 바람들이 행복의 목적지에 데려다준다는 것을 잊지 않을게요. 돛을 높이 펴고 여러분과 함께 꿈의 목적지에 함께 나아가요.

선창 : 꿈의 돛을 펴고
후창 : 바람을 이루자!

멋진 건배사의 순서 '주당삼구'

사회자가 소개하고 잔을 채우라고 마친 후….

주 주최자, 즉 회사 CEO, 모임의 회장 등 모임의 주최자에 대하여 감사 인
　 사말을 건넨다.
－ '이렇게 건배 기회를 주신 삼성생명 윤귀자 명예상무님에게 감사드리
　 며….'
－ '건배 기회를 준 초등학교 18회 동기회를 멋지게 이끌고 있는 친구이자
　 멋진 회장인 박규열 회장에게 고맙게 생각하며….'
－ '중소상공인 협회장이신 박문수 회장님께서 건배 기회를 주신 데 대하여
　 감사드리며….'

당의 모임의 취지와 관련돼 멘트로 자신의 존재를 알린다.
－ '나눔이라는 봉사행사에 함께 참여한 것을 영광으로 생각하며….'
－ '체육대회에 참여하여 열정적인 모습에….'
－ '경제포럼에서 많은 것을 배운 계기가 되어서….'

여기에서, 만일 자신을 처음 알리는 장소라면 '행복강연가로 활동하는 이상국입니다.'라고 자기소개를 먼저 시작한 후에 모임의 취지에 맞는 멘트를 시작합니다.

삼 건배사는 30초를 넘지 않는 게 적당하다.

자신이 하고자 하는 건배사의 주제가 정해있으면(소통, 유머, 열정, 칭찬, 희망, 삼행시, 사자성어 등) 스토리를 이야기하듯 풀어 나간다.

구 건배 구호를 알려 준다.

– "제가 선창으로 '술은' 하면 여러분은 다함께 '인생이다'라고 외쳐 주시기 바랍니다."라고 알려 준다. 구령하듯 힘차게 함으로써 하나 되는 모습을 연출하고, 잔을 내려놓고는 박수를 유도하여 건배사를 마무리한다.